# 达哈士孔的狒狒

〔法〕阿尔丰斯·都德 著

李劼人 译

Tartarin de Tarascon

四川文艺出版社

**图书在版编目（CIP）数据**

达哈士孔的狒狒 / （法）阿尔丰斯·都德著；李劼
人译. —成都：四川文艺出版社，2018.10
ISBN 978-7-5411-4913-9

Ⅰ. ①达… Ⅱ. ①阿… ②李… Ⅲ. ①长篇小说 - 法
国 - 近代 Ⅳ. ①I565.44

中国版本图书馆CIP数据核字（2018）第223624号

DAHASHIKONG DE FEIFEI

# 达哈士孔的狒狒

[法]阿尔丰斯·都德　著

李劼人　译

责任编辑　谢雯婷　彭　炜
封面设计　闰江文化
内文设计　史小燕
责任校对　蓝　海
责任印制　周　奇

出版发行　四川文艺出版社（成都市槐树街2号）
网　　址　www.scwys.com
电　　话　028-86259287（发行部）　　028-86259303（编辑部）
传　　真　028-86259306

邮购地址　成都市槐树街2号四川文艺出版社邮购部　610031
印　　刷　成都东江印务有限公司
成品尺寸　130mm×185mm　1/32
印　　张　4.5　　　　　　　　字　　数　90千
版　　次　2018年10月第一版　印　　次　2018年10月第一次印刷
书　　号　ISBN 978-7-5411-4913-9
定　　价　36.00元

达哈士孔的狒狒

可是一个说谎的人吗？

# 读李劼人译法国小说

◎Sebastian Veg （魏简）[1]


在我长大的法国，李劼人很早就被看做中国五四时代的代表作家之一。大约因为他在法国留过学，他的《死水微澜》的法文译本1981年由法国驰名的伽利玛出版社出版了。当时，除了被"革命化"的鲁迅之外，五四文学的法文译本并不多，李劼人之外基本上只有茅盾的《子夜》，巴金的《家》，郭沫若自传和老舍的《骆驼祥子》等，这些作品就成了第一批法国读者有机会欣赏的中国现代小说。遗憾的是，那一本由温晋仪 (Wan Chunyee) 翻译的《死水微澜》之后，就没有更多李劼人作品的法文版问世。无论如何，读书时，我很快就碰到了那本《死水微澜》，在我的印象中，它理所当然地属于五四以来的重要作品。所以，不少年后开始研究四川的新文化运动时，在成都认识了几位专门从

---

[1] 作者为汉学家，法国当代中国研究中心研究员，《李劼人全集》特约编委。

事李劼人研究和编辑工作的学者，李劼人对我来说已经并不是一个陌生的名字。因此，我很荣幸答应了负责校对李劼人全集的法文词句工作。从2010年末到2011年的夏天，我陆续校对了十多篇译成中文的法国长篇小说和几篇介绍性或议论性散文的法文词句。

李劼人在法国期间，对法国当时的文学、新闻、艺术和政治的讨论都很感兴趣。他认真地将法国文学概要性的著作翻译或概括成中文的介绍给中国读者。譬如《法兰西自然主义以后的小说及其作家》（1922年）和《鲁渥的画》（1920年）既完整又详细地讨论文化界的新趋向，也显示李劼人为了深刻认识法国文化所作出的努力。在1920年代的法国，文化和政治议论又多又复杂，李劼人很兴奋地投入在里，专门写了几篇评论，无论是跟法国第三共和国密切相连的国立教育制度、"性教育"的必要（也是五四时代的大议题），还是俄国十月革命的成败。他选择翻译的法国文学作品也值得留意：不仅反映对政治或思想内涵的关注，作为蒙彼利埃大学文学系旁听生的李劼人也很关心作品的文学价值。李劼人虽然在法国的大部分时间都不在巴黎，他还是很用心地读到了最新的作品，注意到了文学奖项并追踪了新的发展和取向。

李劼人在法国的兴趣很广泛，可以概括为四个主要方向。第一个跟他的勤工俭学身份有关：很自然地对左翼政治，法国的工会传统，俄国的十月革命都感兴趣，即便他没有翻译过最有代表性的自然主义或无产阶级小说。与左翼政治有关的另一个方向是对殖民主义的批判。第三个方向是关注四川本土的李劼人对一系列与本土关联的话题感兴趣，即本土文学与神话、方言、正在经过工业革命的法国农业和农村的未来。最后也许可算最重要的方向是脱离传统社会的伦理规则，解放妇女，解放社会思想的意图，同样也是五四文学的大话题。

从《李宁在巴黎时》（1924年）一文可以得知，李劼人对国际革命的关注，他文中也引用法国经济学家季特（Charles Gide）从莫斯科发给法国《每日报》关于十月革命六周年的纪念仪式的报道。季特就像当时法国左派知识分子一样对苏联的评价一般都比较高，但季特本人的政治理论虽然也源于左翼，跟共产主义却保持一定的距离：季特属于法国的自由主义左派（也属于少数的新教资产阶级），批评第三共和国政府对宗教限制太严，自己主张"相互扶持"（solidarité）和"协作主义"（coopératisme），尤其是农业合作社（coopératives agricoles）。

这一点也可以说明当年无政府主义式或乌托邦式社会主义的重要。这种复杂的意识形态与第二点也有相连之处：在《法人最近的归田运动》一文（1924年），李劼人讨论1920年代发展的主张安排工人回到农田，怀疑工业化的乌托邦社会主义或基督教社会主义运动（代表人物有神父兼政治家 abbé Lemire）。李劼人对归田运动的兴趣也反映出他与现代化话语保持了一定的距离。他选择翻译若干都德（Alphonse Daudet）的小说，大概跟他对本土的兴趣同样有关。李劼人住了几年的蒙彼利埃离都德的尼姆并不远，语言也相似，尤其在《达哈士孔的狒狒》（*Tartarin de Tarascon*）中李劼人也找到了一个可以处理白话与文言，国语与方言之间的张力的文学方法。

我个人最感兴趣的翻译是赫勒·马郎（René Maran）的《霸都亚纳》（*Batouala*）。这部小说虽然当时很有名，获得了 1921 年的龚古尔文学奖，但后来渐渐被遗忘，马朗也被更有名的反殖民主义、主张黑人文化认同（négritude）的作家（像 Césaire 或 Senghor）替代而被人们忘掉。翻了几页李劼人的译本之后，我就去找了法文原文，读了这本从来没有读过的最早反殖民主义小说之一。马朗原来是马提尼克人，在法国寄宿学校长大，成为法国殖民地部门的行政官员，以殖民执政者阶级身份发现了法国在非洲的殖民地（今天的中非）的现实而写了《霸都亚纳》。尤其在自序里，马朗深刻又尖锐地解剖了殖民主义的盲目暴力与对原住民的传统生活方式、与大自然的和谐关系的破坏。李劼人 1930 年代初在成都翻译的克老特·发赫儿（Claude Farrère）1905 年同样获得龚古尔奖的《文明人》（*Les Civilisés*）却是一个对殖民主义颇有暧昧立场的小说。以法国殖民化的越南西贡为背景，它对一群年轻法国海军的可疑行为没有显明的判断，也大量地重复东方主义的陈词滥调——李劼人对这种风格的兴趣或欣赏之缘由也可以跟他选择翻译福楼拜（Gustave Flaubert）的《萨朗波》（*Salammbô*）联系。但有趣的是李劼人在译者序中将《文明人》理解为对殖民主义的讽刺，表示对小说的叙事角度的肯定："本书以西贡为背景，而讽刺所谓文明人者不过如是；议论或不免有过火处，然而文人'艺增'固是小疵。吾人亦大可借以稍减信念，不必视在殖民地上之欧人个个伟大，即其居留国内之公民，几何不以此等人为'社会之酵母'哉！"发赫儿的背景和个人历史也很复杂，他于1930年代站在左派知识分子的一边呼吁辩护犹太人，他同时给法国极右报纸写过评论而支持日本的军国政治，甚至赞同"满洲国"的成立。

最后，李劼人翻译了不少反对传统伦理，呼吁解放妇女、解放个人的小说。他的名为《马丹波娃利》的翻译对1925年的中国读者一定作了很大的贡献，同时从李劼人自己的小说《死水微澜》对同样题材的处理也可以看到他并没有简单地将福楼拜的小说视为一本易卜生式的攻击传统的工具。他翻译19世纪末的卜勒浮斯特（Marcel Prévost）的小说《妇人书简》（*Lettres de femmes*）也可以显示出他对私人写作的兴趣。同样有趣的，当时引起很大议论但现在几乎完全被遗忘的一部小说是马格利特（Victor Margueritte）的《单身姑娘》（*La Garçonne*），原文书名更接近于"假小子"。它涉及到第一次世界大战之后在欧洲性别角色的大变迁，跟福楼拜的《包法利夫人》一样被起诉上法庭，李劼人在译者序也强调他"仅仅打算把法国政府在文学史上最蠢笨最无聊的举动，介绍给我国"。

李劼人在法国的四年对他的思想发展无疑有重大贡献，但好像也没有很直接影响到他的政治上或哲学上的立场。他读到的法国小说、新闻、理论著作主要给他提供了一个多元的文化环境和更多的思想的可能性，但他常常也保持了一个批判距离。一战刚结束的法国也不是启蒙者的理想国，而是一个复杂的、政治议论活跃又尖锐的正在变迁中的社会——对我而言，读李劼人当时写的与翻译的作品后最深刻的印象，也许是他在那种环境里找到的好奇精神与开放的思维方式。

# - 目录 -

## 第一段

# 在达哈士孔时


## 一　木棉园


我拜访达哈士孔的狒狒（尾注一）的第一次，在我生命中留下一个忘记不了的日子；这事虽过了十二年或十五年，但我记起来比昨天的事还清楚。那时这骁勇的狒狒住居在阿尾尼勇大路左手第三家，正当进城的地方。一所达哈士孔式的体面小院，前面带着花园，后面绕着游栏，雪白的墙，碧绿的百叶窗，而且门边还有一堆撒阿瓦小孩子在那里跳经界盘，或是枕着他们的靴墨箱在太阳地里睡觉。（尾注二）

在房子外面看起来并没有什么。

大家绝不会相信是在一位英雄的住宅前面的。但是一进去，啊哟，我的天！……

从地窖到屋顶，全屋都带着英雄气概，尤其是那花园！……

阿，狒狒的花园，在欧洲简直没有像这样的第二个。没有一株本地树子，没有一朵法国花；尽是国外的植物，树胶树啊，瓢箪树啊，棉花树啊，可可树啊，檬果树啊，芭蕉啊，棕榈啊，木棉啊，仙人掌啊，霸王鞭啊，简直是在非洲中部，距达哈士孔万里之远的光景。不消说，凡那些植物都不是它本来伟大的模样；即如可可树不过比甜萝葡大一点，而木棉（大树，拉丁文也注明是大树 arbos gigantea）也自由自在的生长在书带草的盆子内；可也是一样的呀！对于达哈士孔，这业已算得很美丽了，所以礼拜日那般得了特许之荣来瞻仰狒狒的木棉的人们，回去时总是欢赏不置的。

你们请想我走过这所奇异花园的这一天感触的是什么情绪①！……当人家将我引入这英雄的书斋之际，那情绪又不同了。

这书斋真算得这城里的一个怪地方，位置在花园深处，对着木棉有一道平地开合的玻璃门。

请你们猜度一下这一间从上至下悬挂枪刀的大厅是什么光景，世界上各地的武器都有：骑铳啊，线铳啊，喇叭铳啊，果尔士刀啊，喀达诺尼刀啊，手枪刀啊，匕首刀啊，马来甲

---

① 作者说这句话有两种情绪：一种是惊叹的情绪，一种是说自己得了许可之荣的情绪。　——译者注

啊，喀哈以伯箭啊，燧石箭啊，拳刀啊，铁锤啊，火当多棒啊，墨西哥刀啊，我简直弄不清楚！

那上面便是一派骄阳，把剑锋枪身都照得雪亮，好像还要使你们发一身鸡皮疙瘩似的……然而可以稍稍放一点心的，便是这武器库中很整齐很清洁。件件东西都有秩序，都安置得极妥帖，都打扫得极干净，都贴有标记和药房里的东西一样；逐处还有一块老实揭贴，上面写的是：

毒箭，勿用手摸！

或者是：

装有药弹的武器，注意！

若没有这些揭贴，我断断不敢进去的。

书斋中央有一张小圆桌子。桌上，一瓶烈酒，一个土耳其烟草盒，几本《苦克船主游记》，几本苦蒲的小说，规士达夫，爱马尔的小说，一些猎熊，猎鹰，猎象等等的猎记……桌子跟前坐了一个男子，年纪在四十与四十五岁之间，身材短小，肥硕，臃肿，红褐，只穿了一件汗衣和弗兰绒的短裤，一部刚健而短的胡须，两只火炎焕发的眼睛；他一手拿着一本书，一手擎着一只盖满火花的大烟斗，一面读着那奇怪不可名状的猎兽记，一面把下唇突向前面做出一种可怕的撇嘴样子，这样子便在他那达哈士孔小财主的勇毅脸上把这临御全屋过于狞恶的性情完全表现了出来。

这男子，即是狒狒，即是达哈士孔的狒狒，即是骁勇，伟大，无匹的达哈士孔的狒狒。


## 二　对于达哈士孔佳城的大概观察；猎遮阳帽的人。

我给各位叙述之际，达哈士孔的狒狒尚不是今日的狒狒，这位伟大的达哈士孔狒狒在法国南方各处今日是和蔼通俗极了的。然而——便是在我叙述的时代——他却是达哈士孔之王哩。

我们且谈他这王位是从何而来的。

第一各位须知道这地方无论什么人，从最老一直到最幼的，都是猎人。游猎是达哈士孔人的情欲，这种游猎的情欲自从神话时代说那怪物在城中水沼内兴风作浪，以及达哈士孔人因而向他合围以来便有了的了。这不是一朝一夕的事，各位当然懂得的。

于是，每礼拜日的早晨，达哈士孔居民便携着武器出了城墙，口袋挂在背上，猎枪放在肩头，热热闹闹的带着猎犬，黄鼠狼①，喇叭，猎角，好不壮观……最不幸的就是没有禽兽，绝对的没有。

禽兽虽然奇蠢，各位须知道若干年来它们到底也学乖了。

在达哈士孔周围五法里内，兽窟都是空的，鸟巢都是荒废的。并无一只水鸟，并无一头鹌鹑，并无一尾顶小的兔子，并无一头顶小的白腹鸟。

然而禽兽等皆很被引诱的，第一就是达哈士孔一带的美丽小丘，上面满生着香气扑鼻的覆盆花，纳往德花，萝马兰花；第二就是那满包糖质的白葡萄，在汤沦河畔一梯一梯的生着，出奇的好吃……不错，但是达哈士孔城就在后面，因为在羽毛小社会中，达哈士孔是被打着最坏的符号的……便是过路鸟儿也把这城在他们行程日记上大大的记了一个十字，所以当那野鸭子结成三角形向喀马尔格（尾注三）落下时，远远的一望见城里的钟楼，那个领头的便拼命叫起来：

"那是达哈士孔呀！……那是达哈士孔呀！"于是一群野鸭都绕城而过。

一句话说完，论到猎物，这地方只剩了一个狡猾的老兔子，好像因为魔术的力量才逃脱了达哈士孔人的屠杀一般，而它还死死的要生活在这里！这兔子在达哈士孔是很著名的。大家都给了它一个名字。它叫作奔流。大家都知道它的巢穴

① 黄鼠狼是用来猎兔的。　　——译者注

在麦歇绷巴尔领地内——因为有了它便连带着将此处的地价也加了两倍乃至三倍——但大家还是不能够猎获它。

到现在，不过只有两三个顽固的猎人尚热心的在窥伺它。

别的人都不干了，因此许久以来奔流便成了地方迷信的一种东西，其实达哈士孔人天性上便没有迷信，而且只要他们寻得着燕子时也要弄来卤了吃的①。

各位定会向我说："这样么！既然达哈士孔的猎物怎的稀少，那吗达哈士孔的猎人每礼拜日干些什么呢？"

他们干的事吗？

我的天！他们走往离城三法里的旷野中去。他们五个六个的结成小团体，悄悄的溜到或是一个大坑，或是一段老墙，或是一带青果树的阴地内，从他们猎囊中取出一块绝美的卤汁牛肉，一些生葱，一段小香肠，几尾咸鱼，于是就无了期的用起早餐来，并灌着那汹沦河酿的一种美酒，这酒便做弄出许多的狂笑，这酒便做弄出许多的高歌。

餐后，大家都装饱了，便站起来，唤着猎犬，装上弹药，于是大家就动手打猎。即是说其间的各位麦歇都各自取下他的遮阳帽，尽力把它向空中抛去，遂向着这高飞的帽子拿那第五号，第六号或第二号的子弹去射击——依着帽子的

---

① 迷信的法国人把燕子当作圣品，绝对的不敢轻犯，卤食是法国南方人的特嗜，达哈士孔人更喜欢这种吃法。　　——译者注

大小 <sup>①</sup>。

　　谁能常常打着他遮阳帽的便称为游猎之王，而夜间便奏着凯歌回达哈士孔，在犬吠与军乐的嘈杂声中，这顶筛子似的遮阳帽便擎在枪尖上。

　　用不着更向各位说城里的猎帽生意是很大的了。甚至还有一些帽商把那预先打了洞而破碎的遮阳帽卖给那般笨人哩；不过大家只微微知道药剂师伯雨改买过几顶罢了。这真可耻呀！

　　因为在遮阳帽的猎人中达哈士孔的狒狒是无匹的。每礼拜日的早晨，他总戴着新帽子出去：每礼拜日晚间，他总带着一块破布回来。在那木棉小院中，楼顶堆满了这些光荣的战利品。因此，所有的达哈士孔人便都把他当作了他们的首领，又因为狒狒彻底知道那猎人的律书，他曾把所有的条款，所有的年鉴，从猎遮阳帽起一直到猎缅甸虎止的游猎年鉴都曾读过，所以这般麦歇便将他看作他们伟大的游猎批评者，又请他去做他们争论中的裁判官。

　　每天从三点到四点之间，在兵器商哥士特喀尔德家，你们总看得见一个肥人，很威严的，烟斗含在牙齿上，在那站满遮阳帽猎人而又正在争辩的店子中间，安坐于一张绿皮的大臂椅中。这就是达哈士孔的狒狒，他正在裁判，居然是琐

----

① 子弹号数越多，子弹越大，此法国猎弹的定规，比如第五号子弹便可以射击虎豹，而第二号只能猎兔子。　　——译者注

罗门双料的裁判者。

## 三　郎！郎！郎！

### 再对达哈士孔佳城的大概观察

强干的达哈士孔种又在那游猎情欲上加了一种别的情欲：便是情歌的情欲。这小地方之流行这种情歌，真是令人难以相信。凡是那些抒情的老曲子都在他最老的纸上返老还童起来，大家在达哈士孔看见他们都是极年轻极漂亮的。所有的情歌，所有的最老的情歌都存留在达哈士孔。各家都有各家的情歌，而且在城里大家都知道谁有的是谁。例如大家都知道药剂师伯雨改家的情歌，即是：

你呀，我所至爱的白星；

兵器商哥士特喀尔德家的是：

你愿意到这陋室之处来否？

登记收税员家的是：

若我是看不见的，便没有一个人看得见我。（喜剧小曲）

凡达哈士孔都如此。一个礼拜两三次有一些人总要集合在别的一些人家，各把各的情歌唱起来。最奇怪的就是常常都是一样的歌词，他们唱了许多年而这般正直的达哈士孔人并不想把它换一换。大家都把那情歌父子相传的当作一家的遗产，所以没有一个人敢去更改它；这是神圣不可侵犯的东西。甚至彼此也绝不假借。哥士特·喀尔德家的人绝不会想到去唱伯雨改家的，而伯雨改家的人也绝不会想到去唱哥士特·喀尔德家的。或者各位必以为他们既互唱了四十来年，他们总应该把所有的情歌都知道了。不然，不然！各家只把他自己的保守着就够了，并且大家也很满意的。

对于情歌也如对于遮阳帽一样，全城第一人还是狒狒。他的声名之所以会在一切居民之上的就是：达哈士孔的狒狒并没有他自家的情歌。他有众人的情歌。

有众人的情歌呀！

不过总得极力请求他才肯唱。这位达哈士孔英雄往往在别人客厅中获了成功后老早的就回去了，因为比起来在一架里门的钢丝琴之前和两支达哈士孔的蜡烛之间去讨别人的欢喜，他不若还是埋头读他的猎记和在俱乐部去度他晚会的好。音乐的抑扬似乎非他所屑为的一样……不过有时当药剂师伯雨改家有音乐之际，他又做得不期而遇的走了进来，并且经众人十分请求之后，他方答应同老马丹伯雨改于二人合奏中歌一曲《魔鬼诺伯尔》……凡没有听见他唱过的，再也听不见这种唱法……至于我，我就活上一百年，终我的一生也会看见这伟大的狒狒迈步走近钢丝琴，弯着唇角，并且在货窗的绿色小瓶光中，强勉在他善良的脸上摆出一种魔鬼诺伯尔凶猛狞恶的样子的。他刚刚做着模样时，全客厅的人立刻就打起寒战来；众人都觉他变得迥不相同了……于是，沉静一会之后，老马丹伯雨改便抚着钢丝琴唱道：

诺伯尔，你是我所爱的

　　而你也容纳了我的心，

　　　你看见我的恐怖了（重复一句）

　　　为你自己着想

　　　　并且为我着想罢。


　　她又低声说道："轮到你了，狒狒。"于是达哈士孔的狒狒，伸着手臂，握着拳头，闪着鼻翅，把一种凶猛的声音加了三倍，在琴韵中响得和打雷似的，唱道："陇！……陇！……陇①！……"南边人读音重浊，所以他便呼为：

────────

① 法人的否定词，其音读若陇。　　——译者注

"郎！……郎！……郎！……"在这一句上，老马丹伯雨改又复唱一遍道：

> 为你自己着想
> 并且为我着想罢。

狒狒仍如前哼道："郎！……郎！……郎！……"歌词便止于这里……各位当然读得那歌词并不只这一点的：不过唱得太好，太动人，太出奇，以致殷殷的雷声便在药店里震荡起来，而大家也请他把那"郎！……郎！……"接连吼上四五次。

把三个音唱后，狒狒遂抹着额头，向太太们笑一笑，向男子们挤一挤眼睛，于是得胜出来，带着一种微倦的样子去向俱乐部中人说："我刚才在伯雨改家唱了一曲二人合奏的《魔鬼诺伯尔》来！"

他委实以为这真是很困难的事！……

## 四　他们！

达哈士孔的狒狒其所以在这城内得有那绝高声誉的原故，就得力在这些出众的才能上。

这倒是实在的，便是这个慓悍的男子确也晓得驾驭众人的方法。

达哈士孔的军人也是同情于狒狒的。这因为那勇敢的司令官不纳尾打，其实是退职的军服大佐，一说到他便道："这是一个兔子呀！"各位当然想得到那司令官办了多年的军服，自然精通兔子的性质了①。

司法界也是同情于狒狒的。因为那老裁判官纳德歪慈曾有两三次在法庭上说及他道："这是一个有志气的男子呀！"

就是人民也都是同情于狒狒的。于是他的威风，他的举止，他的模样，一种闻声不惊的号兵所跨的良马模样，他那种不知从何而至的英雄声名，他那好几次把银钱或嘴巴赏给拥挤在他门前那般刷鞋子的小孩的行为，便都将他造成了本乡的色木爵士，（尾注四）达哈士孔大市场之王了。而且礼拜日晚间，当狒狒游猎而归，遮阳帽擎在枪尖上，身上紧缚着他的棉织猎装，一到堤岸上，那汹沦河边的挑夫们都十分尊敬的鞠下躬去，并注意看着他两臂上凸起的粗筋，他们遂赞叹不已的彼此低声说道：

"这个人真壮健呀！……他有'两条筋'！"

两条筋呀！

这句话只有在达哈士孔才听得见的！

---

① 法人用兔子比人，只是说这人太狡猾，并无别的坏意思。　　——译者注

虽然如此，又兼着他那诸般的才能，他那"两条筋"，以及人民的宠眷，和那勇敢司令官不纳尾打，旧日的军服大佐极尊贵的敬礼，然而狒狒终不是有幸福的人；这种小城市的生活真委屈了他，真把他闭塞住了。因此这位达哈士孔的伟人遂厌倦起达哈士孔来。倒是真的，像他这样一种英雄的天性，一种冒险的精神，只宜梦想着战争，梦想着南美大草原中的驰骋，梦想着大游猎，梦想着沙漠中的沙碛，梦想着狂风巨飔的，而使他每礼拜日去射击遮阳帽，余时只在兵器商哥士特·喀尔德店中去裁判曲直，这未免大材小用了……可怜的亲爱伟人！长此下去，他定会颓丧而死的了。

枉自把他的眼界扩大，枉自把那在俱乐部和市场中所得的地位设法忘记，枉自在木棉左右和其他非洲植物的周围去闲踱；枉自把那兵器堆在兵器上，把马来甲堆在马来甲上；枉自饱读了许多浪漫作品：仿佛那不死的纪苟特贵人一样，（尾注五）打算以他生气勃勃的痴梦来把自己从这现实生活的无情利爪中自拔出来……啊那！凡他设法要平下他那冒险渴想的，结果只好把那渴想增加起来。所以他只要一看见他的兵器，那狂怒和奋兴便永远的存在。他的线枪，他的毒箭，他的墨西哥刀，好像都向着他大喊："战场！战场！"而远游之风也在他木棉树枝间吹着，并给了他一些不好的意思。到底把他结果了的还是规士达夫·爱马尔和菲立马尔·苦蒲的小说（尾注六）……

啊！暑间午后的天气又烦热，当他独自在他兵器中间诵读时，狒狒曾红着脸皮挺身站起了若干次！曾抛书奔到墙边把那作装饰品的兵器拔出了若干次！

可怜的人竟忘记他仍旧是在达哈士孔他自己家里，围着项巾穿着短裤的模样了，他居然照着小说干起来，并且被他自己的声音招惹起，遂挥动一柄大斧或一条铁棒狂转着叫道：

"现在他们应该来了呀！"

"'他们？'谁，'他们？'"

就是狒狒自己也不明白这句话……"他们！"怕不就是那般攻击者，那般战斗者，那般搏噬者，那般爪裂者，那般剥人头皮者，那般狂嘶者，那般暴怒者……"他们！"大概就是在捆绑不幸白人的战柱周围跳舞的西武印度人了。

大概就是蹲蹲而舞以及用血红长舌自舐的落机山上的灰熊了。大概就是沙漠中的都亚乃人，马来的海盗，阿不吕色的山贼了……毕竟"他们"就是"他们！"……换句话说，就是战争，游历，冒险，光荣。

不幸啊！骁勇的狒狒徒然在招呼"他们，"检阅"他们"……"他们"并不曾来……伯喀衣！他们到达哈士孔来干什么呢[1]？

然而狒狒依然等着"他们"在；——尤其是晚间到俱乐部去的时候。

## 五　当狒狒往俱乐部去时

夜间九点钟，便是在回营号声一点钟之后，当达哈士孔的狒狒从头至脚严装着往俱乐部去时，他身边并没有庙堂骑士安排着要向包围的叛贼冲出一条去路的事情，也没有中国虎振兵赴战的事情，也没有哥莽失战士挺身走入战场的事情的[2]。

然而他终如水兵们说的一样，手足忙乱！

狒狒在左手上握了一柄锐利的拳刃，右手上握了一根藏剑手杖；左边手袋内一柄铁锤；右边衣袋内一柄手枪。胸前在弗兰绒半臂与外衣之间一片马来厚甲。其实，断然没有毒箭射来的；这些武器都不适用！……

出门之前，还在他书斋的暗陬中练习了一会，如何的躲闪，如何的射击，如何使用他的虬筋；其后，才取了钥匙，

---

[1]　伯喀衣是法国南方人常用的惊叹词，马赛人与达哈士孔人尤常用。　——译者注
[2]　中国虎也是法国南方人常用之语，意思说中国人残忍暴戾就同老虎一样。　——译者注

度过花园，很威重的，毫不着忙。——快走，麦歇们，快走呀！这是真正的勇士——到了花园尽头，他便推开那沉重的铁门。他开门时很骤，很粗鲁，直可以把门推去打着外面的墙……假若"他们"躲在门后时，各位请想怕不成了肉酱么！……不幸，"他们"并不在门后。

门开了，狒狒走了出来，疾速的向左右一看，才敏捷的把门关锁上。跟着就上了大路。

在阿尾尼勇大路上，就连一头猫儿也没有。门哩都是关着的，窗哩都是没有灯光的。到处漆黑。只有远远的一盏街灯在汹沦河的薄雾中挤着眼睛……

达哈士孔的狒狒便这样傲岸沉静的在夜色中走去，把鞋跟锵然的一步一步敲着，而他那铁头手杖也把街石击得火星乱爆……无论是通衢，大街，小巷，他总小小心心的向正中走着，随时谨戒，因为危险之来本是可许的，尤其要躲避的就是夜里在达哈士孔街道上难免没有什么东西从两傍窗子上落下来[1]。看见他如此的谨慎，至少总以为狒狒是胆怯的了……并不呀！他只是自卫就是了。

可以做狒狒不是胆怯人的最好证据，就是他往俱乐部去时不取径于空场，却要往城里走，即是说，宁可取那较长的路，较黑的路，经过无数可以看见汹沦河凄然发光于各街

---

[1] 达哈士孔是出名多风的地方，烈风的力量常能将人家窗台上的花盆等吹落下来。　——译者注

之口的恶劣小街道。可怜的人常常都希望"他们"便在这些险地的转角上从黑影中突出，并且向他背后扑来。若"他们"真个来了，我可以告诉各位，"他们"必定很受欢迎的……然而不幸，由于命运使然，达哈士孔的狒狒断断没有运气来遭逢这种恶事。甚至一条狗也碰不见，一个醉人也碰不见。一无所有！

然而虚惊是有的。猛的一阵步履声，一阵闷着口说话的声音……狒狒遂自言自语道："注意！"于是他就定定的站着，窥察那暗影，探试那风向，模仿印度人的举动把耳朵贴在地上……步履声走近了。说话的声音也分辨得出……不必怀疑！"他们"到了……"他们"到这里来了。狒狒眼里火发，胸前奇喘，业已俯耸着身躯就如一头豹子似的，正打算狂呼跳去……猛然从黑影中却听见达哈士孔人的妙声极其安闲的唤着他道：

"哈！瞧呀！……却是狒狒……请了，狒狒！"

运气坏透了！原来是药剂师伯雨改同他一家人才在哥士特·喀尔德家唱了他家的情歌回来——狒狒不屑已极的咬咬说了两句"晚安！晚安！"他便发了气，扬起手杖，奔往夜色中而去。

到了俱乐部街中，骁勇的狒狒在进门之前尚在门外迈步闲踱着等了一会……到末后，把"他们"等得倦了，决定"他们"不会出来的了，他方把那挑战的眼光最后向黑影中看了一眼，带着怒咕噜道："一无所有！………一无所有！……简直一无所有！"

说到这上面，这勇士便进去同司令官斗起牌来。

## 六 两个狒狒

既有这种冒险渴想，这种强烈情绪的需要，这种游历的，驰骋的，耽赏荒林茂草的狂念，何以达哈士孔的狒狒竟自不离开达哈士孔呢？

因为事实如此。这个骁勇的达哈士孔人一直到四十五岁尚不曾在他故乡之外睡过一夜。甚至连南方人自庆成年嘉序一定要往马赛一游的事他也没有干过[①]。充其量他只知道波改尔，然而波改尔距达哈士孔并不远，只是一桥之隔。不幸这可恶的桥却常常被狂风播荡着，又如此其长，又如此其不坚固，而且沦沧河在这地方又极多危险，我的天！各位是明白人……达哈士孔的狒狒喜欢的是实在的土地[②]。

这最应该向各位声明的，便是在我们这位英雄身上确有两个最不同的品格。我不知一位什么教堂的司铎曾说道："我觉得我身上是两个人。"用来说狒狒倒确切极了，他身

---

① 接近马赛的各城各乡，至今还有这种风气，凡人到二十一岁成年时，必借故往马赛一游，以扩眼界。 ——译者注
② 就是说狒狒连这道桥也不曾走过。 ——译者注

上有纪芎特的精神，也一样有骑士们的冲动，也一样有英雄的理想，也一样有伟大而浪漫的念头；然而不幸却没有那著名的体格，那种瘦而露骨的体格，那种传说上的体格，有了这体格而后不为物质生活所拘束，而后可以披着钢甲过二十夜，而后可以以一顿饭度四十八小时……反之，狒狒的体格却是一个壮士的体格，很肥，很重，很怕痒，很柔弱，很笨拙，又爱吃好饮食，又爱享受仆人的服伺，完全是那凸肚短身堆在长生不死的桑芎·邦沙（尾注七）蹄子上的体格。

在一个人身上会包括有纪芎特贵人同桑芎·邦沙！各位当然懂得那两人在这身体上是怎么样的不和！怎么样的争斗！怎么样的决裂了！……阿，狒狒纪芎特与狒狒桑芎，在两个狒狒之间的一种对话，若叫吕西央或圣爱屋猛（尾注八）写来可多么美丽呀！狒狒纪芎特被规士达夫·爱马尔的小说怂恿起来时遂叫道："我走了！"

狒狒桑芎却害怕疲劳，说道："我留着。"

狒狒纪芎特很奋激的——"狒狒，去用荣誉把你衣被着。"

狒狒桑芎很安静的——"狒狒，去用弗兰绒把你盖着。"

狒狒纪芎特越是奋激——"啊，一发两弹的好线枪！啊，短剑，墨西哥刀，革盾！"

狒狒桑芎越是安静——"啊，编绒线的好半臂！极温暖的好护膝！啊，护耳的厚遮阳帽！"

狒狒纪芍特忘了形了——"一柄大斧！给我一柄大斧！"

狒狒桑芍按着铃子唤起女仆来——"酿乃特，我的朱古律。"

只这一声，酿乃特就来了端着一杯又热，又带绸纹，又香的朱古律，以及几片烤面包，这东西遂使得狒狒桑芍喜逐颜开而把狒狒纪芍特的呼声闷了下去了。

就因为这原故所以达哈士孔的狒狒简直没有离开过达哈士孔。

## 七　在上海的欧洲人大生意鞑靼

### 达哈士孔的狒狒可是一个说谎的人吗？
### 空中楼阁

然而有一次，狒狒曾几乎动了身，动身去远游了。

因为喀尔西阿·喀密斯三弟兄，都是达哈士孔的人，在上海做生意，曾请他去管理他们中间的一个柜台。据理说来，这件事真就是他应有的生活。既然有重大的事务，而又管理一群伙计，而又和俄罗斯，波斯，亚洲土耳其有关系，末了还是大生意。

在狒狒口中，大生意这个名词真仿佛大极了！……

喀尔西阿·喀密斯公司除了这种好处外，有时还要被鞑靼人来骚扰哩。于是大家就把门关了。伙计们都执了兵械，把领事旗拉起，于是訇！訇！从窗子上向鞑靼人打去。

狒狒纪芍特之对于这件事是如何的喜跃，我无须向各位说的；不幸狒狒桑芍却不愿意，又因为狒狒桑芍比较占势力，所以事情便不能进行。然而城里却轰动了。他要走了吗？他不走吗？我们赌他定走的，我们赌他定不走的。这真是一桩希奇事……闹到底，狒狒竟不曾走，但这故事倒也给了他许多的光采。几乎往上海去或是业已去过，在狒狒本无分别。就因屡屡说着狒狒的旅行，末了便都以为他硬是从上海才回来的，因而夜间在俱乐部中，各位麦歇便把上海的生活，风俗，天时，鸦片烟，大生意等拿来请教他。

狒狒对于这些事当然是很清楚的了，便耐着烦把大家所愿知道的详情一一告诉给众人，久而久之这壮士就自己也不能定他是不曾往上海去过的了，既把鞑靼下山的事说上了一百回，他便弄到很自然的说了起来：“于是，我便叫伙计们取了兵械，我便拉上领事旗，訇！訇！从窗上向鞑靼打去！”听着这些话时，全俱乐部都打起战来了……

“那吗，你们的狒狒只是一个说诳的专家。”

“不呀！一千个不呀！狒狒并非说诳的……”

“然而，他当知道他并不曾往上海去过！”

"嗳！不错，他知道的。只是……"

只是，请各位听清楚这番话。好在也正要把北方人加于地中海滨人民的这种诳人的声名向各位说一说，以便执一以概其他。老实说起来，南方并没有说诳话的人，不但马赛没有，就是里门，就是都鲁士，就是达哈士孔也没有。南方人是不说诳的，他们只是自己骗自己罢了。他们常常不说真话，但他们却以为说的是真话……他们自己骗自己，这并不算是说诳，只算是一种空中楼阁……

不错，空中楼阁！……各位要真懂我的话，最好往南方去，你们便明白了[①]。你们便明白这块鬼地方的太阳把什么都改了样子，把什么都弄来比天然的还大。你们便明白那并不比巴黎孟马尔特丘高的南省的小冈竟会显得其大无比，你们便明白里门的方室——一个陈设架上的小玩具——却仿佛同圣母教堂一样大[②]……你们明白了……哈！若果南方当真有一个说诳的，那吗这惟一无二的诳人就是太阳……凡是被他触着的，他都把他张大起来！……什么是这光华时代的斯巴达？不过一个小邑……什么是雅典？充其量不过一个县治罢了……然而这二者之在历史上却显得是那绝大的城池。这都

---

① 作者此书在巴黎作的，在巴黎出版的，所以此处才说往南方去。 ——译者注

② 作者此言也未免言过其实，里门的方室译者曾往观览过一次，是一所罗马人的遗迹，内藏罗马人遗于法南的古物甚多，其室只平地一层，长约三丈许，宽约丈许，陈设架上委实的安置不下。 ——译者注

是太阳造作出来的……

听了这番话后，各位还会诧异吗，一样的太阳，一落在达哈士孔便能把一个军服大佐如不纳尾打这个人而变做勇敢司令官不纳尾打，把一株萝葡变做木棉树，把一个几乎往上海去的人变做一个真往那里去过的人？

## 八　密歹伦动物馆　在达哈士孔的一头阿特纳士狮子可怕而壮观的会晤

现在我们算是把达哈士孔的狒狒全体都表现出来了，就是在荣光和他额头接吻以及戴上长青桂叶冠之前，他的特别情形是怎么样的，现在我们算又把那在平庸环境内的英雄生活，即是他的快乐，他的忧愁，他的梦想，他的希望等也都叙谈清楚了，因此，我们就得赶快来把他历史中重要的一部分和那希奇的遇合谈一谈，因为有了这奇遇而后他那无比的命运才起了波澜的原故。

这是有一夜在兵器商哥士特·喀尔德家发生出来的。是时达哈士孔的狒狒正把那上了刺刀的枪向一众赏鉴家讲说怎样的运用法，以及他那新机关……店门忽然打开，一个遮阳帽猎人慌慌张张的跑进店来叫道："一头狮子！……一头狮子！……"一齐都惊了，害怕起来，喧哗起来，揎攘起来。

狒狒挺着刺刀，哥士特·喀尔德就奔去关门。大家围绕着这猎人，问他，催促他，于是大家方明白了：密歹伦的动物馆由波改尔节场转来，答应在达哈士孔驻扎几天，已经带着一群蟒蛇，海豹，鳄鱼以及一头阿特纳士（尾注九）壮丽的狮子在古堡场上建起帐棚了。

一头在达哈士孔的阿特纳士狮子！在众人的记忆中，这是从来没有看过的东西。因此我们这般遮阳帽猎人便傲然相顾起来！店内四处站的人们，在他们那武壮的脸上是何等的光辉！彼此默无一言的握了许多手！情绪太强烈，太出人不意，以致大家都说不出一句话来……

就是狒狒也如此。他变着脸色，遍体打着寒战，上了刺刀的枪还在手中，站在柜台跟前沉思着。……一头阿特纳士的狮子，就在这里，非常之近，两步远！一头狮子！掉句话说就是著名凶猛而英雄的兽，就是野兽之王，就是他梦寐中的猎物，就是这理想队伍的第一个目的物，因为在他想象中这目的物曾给他演了多少好戏。

一头狮子，天呀！……

而且还是从阿特纳士来的！这更非伟大的狒狒所能揣测了……

猛的一团血花遂上了他的脸颊。

他两眼都火发了。以一种掣筋的举动把枪丢在肩头上，回身向着勇敢司令官不纳尾打旧日的军服大佐，拿起一片轰雷声音向他说道："司令官，我们去看这东西。"

谨慎的哥士特·喀尔德怯生生的插口说道："嗳！伯！……嗳！伯！……我的枪！……就是你要带去的那上了刺刀的枪！……"；但是狒狒已到了街上，所有遮阳帽猎人都傲然迈步跟他后面。

当他们走到动物馆时，已经不少的人了。英雄种族的达哈士孔人，但也是许久以来没有看过动情风物的达哈士孔人已经拥挤在密歹伦的帐棚跟前，热烈的要求卖票了。所以那肥硕的马丹密歹伦好生的满意……这位著名太太穿着喀比里人的衣服，手臂一直裸露到手肘上，两只脚胫上各戴一只铁环，一手执着短鞭，一手提着一只去了毛的活子鸡，特为达哈士孔人一显她帐棚的光荣，又因为她也生有"两条筋，"所以她的成功差不多也和她猛兽们所得的成功一样大。

狒狒掮着枪进来时直带了一股冷气。

凡那般也没有武器，也不曾注意，甚至也没有一点危险想头，在兽栏前静静徘徊的勇敢达哈士孔人们一看见他们的狒狒带着那犀利兵械进来时，天然就生了一种恐怖的动作。确也有些生畏的样子，差不多就是他，就是这英雄也一样……只一眼，所有站在兽栏前的似都失了依据了。孩子们害怕得叫唤起来，太太们连连向门扉那方看。药剂师伯雨改躲了出去，一面说去取他的枪……

然而，狒狒的态度方渐渐把众人的勇气提起了。这位骁勇的达哈士孔人安安闲闲的，把头昂着，慢慢在帐棚内走了一遭，在海豹的浴盆前并不停步，更以一种轻蔑的眼光去看那盛满麦面的长匣，那尾吞食活子鸡的蟒蛇就在这匣里，末后便走来植立在狮栏前……

　　可怕而壮观的会晤呀！达哈士孔的狮子与阿特纳士的狮子彼此对了面了……这一方面，是狒狒，站着，张着袴裆，两臂倚在他的线枪上；那一方面，是狮子，一头大狮子，伏在草里，眼睛眨着，样子蠢蠢然的，以及他那宽大的鼻子，黄鬣一直盖在他前蹄上……两个都安安静静的互相瞅着。

　　怪事啊！或者是那上了刺刀的枪引起了他的脾气，或者是他嗅觉了他种族中的一个仇人的原因，那狮子，本来一直到此刻都是拿起一种威猛的轻蔑态度看着一般达哈士孔人而向着众人只是打着呵欠的，猛的那狮子便发了气。起初煽着鼻孔，隐隐的哼着，张开利爪，撑起四蹄；继而便站了起来，昂起头，摇着鬣毛，撒开那条长尾，对着狒狒迸出一种惊人的怒吼来。

　　一片雷似的呼声喊出来还答那狮子。达哈士孔人都骇极了一齐向门口奔去。妇人，孩子，挑夫，遮阳帽猎人，以及勇敢司令官不纳尾打……只有达哈士孔的狒狒没有移动……他坚决而固执的挺立在狮栏前，眼里闪着光，做着那撇嘴的可怕样子，这样子是全城人都知道的……一会之后，当那般遮阳帽猎人由于他们首领的态度以及那坚固的铁栅稍稍放了一点心，重走到他身边来时，都听见他瞅着狮子低声说道："这东西，不错，这才算得是打猎。"

这一天，狒狒对于那狮子并没有再说别的话……

## 九　空中楼阁的奇效

这一天，狒狒对于那狮子并没有再说别的话；然而不幸他业已说得太多了……

次日，全城都轰动了说狒狒不日便要起身往亚尔及尔去猎狮子了。亲爱的读者，你们都是证人，可以证明这壮士并没有一个字说到这件事的；然而，你们须知道，空中楼阁……

一句话说完，全达哈士孔都在说这起程的事。

在散步场上，在俱乐部中，在哥士特·喀尔德店里，众人都拿着一种惊惧样子议论说：

"别的，你知道那新闻么，至少？"

"别的，什么？……狒狒的程期吗，至少？"

因为在达哈士孔无论什么话总以"别的"Et autrement 起头，而大家又把音读讹了，读成 autremain，总以"至少"au moins 煞尾，而大家读讹了读成 au mouain。于是这一天，并没有别的话，只这 au mouain 同 autremain 把玻璃窗都震得乱鸣不绝。

……

在全城中最为吃惊的人，因为晓得他要起身往非洲去的，正是狒狒。各位请看这就是虚荣心了！他并不简简单单的回说一句，只是绝对的不动身，只是绝对的不蓄那走的意思，这可怜的狒狒——当大家第一次向他说及这旅行时——他只用一种迟疑不决的神情说道："嗳！……伯！……或者……我不说不走。"第二次，同这思想就亲密了一点，回答道："大约。"第三次："一定的！"

末了有一晚，在俱乐部中和哥士特·喀尔德店里，被那蛋清烧酒，喝采的声音，辉煌的灯光纠缠着；而又被那成功醉迷了，就是他的行程在城里传出后的成功，于是这不幸的人便明白的宣称他倦于再去猎遮阳帽，不日便将起程从事去追逐阿特纳士的大狮……

一阵强烈的喝采声迎着这言语。跟着又是蛋清烧酒，又是亲密的把握，又是欢呼，还有提灯夜乐在木棉小院前一直闹到半夜。

最不高兴的就是狒狒桑芍！一想着非洲的旅行和猎狮的举动先就使他打起战来；并且一回到住室，当那光采的提灯夜乐在他窗下鸣着时，他便同狒狒纪芍特大闹了一场，叫他做浑蛋，妄想家，糊涂虫，疯子，又把在行程中等着他的祸灾详详细细的说给他，比如破船，瘴痳病，猩热病，痢疾，鼠疫，癫病，以及别的种种……

狒狒纪芍特柱自赌咒发誓说不干那侥幸的事，柱自说他自己会保养，柱自说他要把一应的东西带去，而狒狒桑芍简直不愿再听。这可怜的人觉得业已被狮子撕碎了，业已被沙漠的浮沙吞去了就如新死的蒋比士（尾注十）一样，而那一个狒狒虽是给他解释说这并不是立刻就走的，解释说无需着急的，并解释说算来他们到底还不曾动身，但是总不能把他的怒气平一点。

果然，这是最明了的事，便是凡人绝不能毫不预备而就起程去做一个如此的旅行。应该知道人家去的是什么地方啊，何等的危险！那能走得像鸟儿一样……

一切预备之前，这位达哈士孔人便决意把那一般非洲旅客的记事以及蒙哥巴尔克的，喀衣野的，医生李万士多伦的，亨利·都威里野的游记先读一遍。

因此，他便看见那般骁勇的游历家在穿上布履以作远游之前，必须好生的来练习耐饥，耐渴，练习走险路，练习忍受种种东西缺乏的痛苦。狒狒决意学他们，于是，从这天起，就不再吃别的饮食只吃点"热水"——在达哈士孔之所谓为"热水"的，即是把面包片泡在开水里，再加点蒜苗，百里香，月桂等——饮食是淡薄极了，各位可以想见这可怜的桑芍皱不皱眉……

达哈士孔的狒狒一回①吃着热水，一面又做了一些别的实习工夫。即如要练习长途跋涉，他每天早晨便一连在城里走上七八次，有时开着快跑，有时用着正步，把两肘紧靠着两胁，并依据古法在荷包里盛两块小小的白石头……

其次，因为要练习耐夜寒，耐霜露，他便每夜都下楼到花园里，独自携着他的枪，埋伏在木棉后面，十小时十一小时的滞留在那里……

末了，因为密歹伦动物馆还在达哈士孔，一般迟迟往哥士特·喀尔德店中去的遮阳帽猎人，打从古堡空场经过时，都看见暗地里一个秘密的人大踏步在帐棚后面徘徊。

这也是达哈士孔的狒狒，他正在黑夜里来练习听狮吼而不打战的原故。


## 十　起程之前


正当狒狒用那种种英雄方法这样自励时，全达哈士孔的眼睛都注在他身上；大家再不做别的事。猎遮阳帽的举动也几乎全放下了，唱情歌的事也中辍了。伯雨改家里那架钢丝琴懒洋洋的睡在绿幕之下，而萤虫也翻仰着干死在上面……总之狒狒的旅行把百事都停顿了。

---

① 此处的"一回"，是一会儿的意思。　　——编者注

也应该来看看这位达哈士孔人在各客厅内所得的成功。大家都在邀请他，大家都在争他，大家都在预约他，大家都在拦路截阻他。那般太太们除了挽着狒狒手臂走往密歹伦动物馆去，除了站在狮栏跟前听他讲解人家怎么样的去猎取这大畜生，比如在好多步上就应该瞄准，不然那危险便多极了，等等之外，再没有更大的光荣了……

凡众人所愿听的狒狒都细细的讲解出来。因为他读过玉勒·惹哈尔（尾注十一）的书死记着猎狮的方法，就如他曾经做过的一般。所以他一说起来总是妙语环生的。

但何处是他最得意的杰作，就是夜里赴裁判官纳德歪慈的晚餐，或赴勇敢司令官不纳尾打旧日的军服大佐的晚餐，当大家用咖啡，而椅子一齐拉拢，大家请他谈一谈他将来的猎事时……

于是，这位英雄便两肘支在桌布上，鼻子埋在他咖啡中，用一种动人的声音把在那边等着他的种种危险事叙谈出来。他说的是无月之夜的袭击，有传染病的沼泽，因夹竹桃叶而生毒的河流，大雪，烈日，鲜鱼，如雨的蝗虫等；他也说了一些阿特纳士大狮子的习惯，以及他们搏击时的样子，他们猛恶的外观，他们到交尾时的暴怒……

其后，由于他自己的谈话激动了，他便从桌前站起来，跳到餐室中央，摹做起狮声和猎枪声来，訇！訇！以及子弹的爆裂声，咇！咇！又做着姿式，又直着喉咙狂叫，把椅子全推倒了……

众人站在桌上四周都变了颜色。男子们彼此瞅着只是点头，太太们闭着眼睛轻轻的叫着，老年人都虎虎然的舞动他们的长手杖，而隔室一般睡得很早的小孩们都被这狮吼枪声惊醒，害怕极了，要火去点灯。

等了许久，狒狒竟没有起程。

## 十一 用剑砍，麦歇们，用剑砍……但不必用针刺人！

他老实有动身的意思么？……这是一个难题，狒狒的史家很难于来作答的。

虽然密歹伦动物馆离开达哈士孔已三个多月，而猎狮的人还稳坐未动……要之，或者这天真烂漫的英雄被那新的空中楼阁把眼睛耀瞎，老老实实竟以为他曾经往亚尔及尔去过的了。或者由于屡屡谈着他未来的猎事，他便虚拟为都是他业经干过的，也和他曾经虚拟过在上海升起领事旗，对鞑靼打去，訇！訇！是实有其事的一样罢。

不幸，这一次达哈士孔的狒狒虽是做了那空中楼阁的牺牲，而别一般达哈士孔人却不是的。所以等到三个月之后，大家察觉这猎人尚不曾收拾起一口箱子，大家便咕噜起来了。

哥士特·喀尔德笑着说道："这回又会像往上海去的一样了！"于是兵器商这句话便激动了全城；因为早已没有一个

人再相信狒狒的了。

　　那般天真烂漫的人，那般胆怯的人，就如伯雨改一流的人物，一个跳蚤也可以骇跑而打枪时非把两眼闭着不可的，尤其可恶。无论在俱乐部中，在散步场上，他们总带着一点嘲笑的神情向这可怜的狒狒走来。

　　"别的，什么时候旅行呀？"

　　狒狒的言论在哥士特·喀尔德店里也失了信仰。遮阳帽猎人们都不瞅睬他们的首领了！

　　其后还有些歌谣夹在中间。这是裁判官纳德歪慈以本地语言组合成的一首歌词，因为他暇时曾稍稍亲近过南省的诗神，所以他这首歌便得了大大的成功。歌中咏的是一个伟大的猎人名字叫作日耳歪武师，他那可怕的枪是应该把非洲最后一些狮子剿灭的。不幸，这鬼枪却太奇怪了："人家时时的把他装上弹药，而他再也打不响。"

　　他再也打不响！各位自然懂得这暗语的……

　　翻掌之间，这歌已变得很通俗了；于是每当狒狒走过时，码头上的挑夫，他门前刷靴的孩子们便都高声唱起：

　　　　日耳歪武师的枪

　　　　　　常常是装了弹药的，常常是装了弹药的，

　　　　日耳歪武师的枪

　　　　　　常常是装了弹药的，但是打不响。(尾注十二)

不过都在远远的唱，因为那"两条筋"的原故。

啊，脆弱麻木的达哈士孔的人们！……

那伟人只假装没有看见，没有听见；但是心里那哑而恶毒的战争却非常的激怒他；他觉得全达哈士孔都从他掌握中滑走了，人民的优宠倾向别一个人去了，这事直令他气得要死。

哈！人望的大汤瓮，安坐在他跟前时自然很好的，但是一翻倒时却烫极了！……

狒狒只管苦恼，仍是笑嘻嘻的，仍是太平无事的过着他的生活，好像并没有什么。

不过因为自矜而贴在脸上的那副快乐假面具也有骤然揭开的时候。于是，笑颜不复存在，只看见那忿怒和隐忧……

即如有一早晨那般刷靴的小孩子在他窗下高唱着："日耳歪武师的枪，"这片可恶的声音便一直传到这可怜伟人的房里，他是时正在镜子跟前修理胡子。（狒狒已蓄了胡须，却因为太浓，他便不得不常常去修理它。）

那窗突的便打开了，狒狒涌现出来，穿着汗衣，戴着头巾，涂着顶好的白胰子，一面挥着他的剃刀和胰子刷，一面拿起一片洪大声音叫道：

"用剑砍，麦歇们，用剑砍！……但不要用针刺人！"

这倒是历代相传的名言，可是错把他向着这般和他们靴墨箱一样高的阿维尼（尾注十三）孩子以及绝对不能用剑的先生们说了！

## 十二　从在木棉小院中说过的话以后

在大众的背叛中间，只有军人对于狒狒还仍旧的要好。

那位勇敢司令官不纳尾打旧日的军服大佐依然的尊敬他：他偏要说"这是一只兔子！"我以为这言语也和药剂师伯雨改的言语有同样的价值……因为这勇敢的司令官无一次不暗示一点往非洲去游历的意思；但是，到公共的言语变得很利害时，他遂决意明白说出来。

有一晚，当这不幸的狒狒独自在他书斋中寻思着那些苦事时，便看见司令官很威重的，戴着黑手套，衣纽一直扣到耳际，走了进来①。

"狒狒，"这位旧日的大佐很威风的说道，"狒狒，应该动身了！"

并且他仍挺身站在门框上——严厉而伟大得就同讨债的人一样。

狒狒站了起来，脸色很惨白的，拿着一种温柔的眼光把他四周看着，看着这四壁严密的书斋，满藏着暖气同温和的光明，看着这极方便的大臂椅，看着他的书，看着他的毡氈，

---

① 　西俗，黑手套是参与丧事时戴的，司令官戴着黑手套走来，是入门即吊的意思。　　——译者注

看着他窗上的白丝帘，窗外便是那小花园中颤动的长条；跟着，他便向这勇敢的司令官走来，捉住他的手，很感动的把来握着，并且拿起一种流泪的声音，但是很坚忍的，向他说道：

"我一定走的，不纳尾打！"

他真果照他的言语做了去。不过仍不是即刻就走的……他还得拿些时候来预备东西。第一，他就在弥巴尔店里定制了两口铜胎大箱，以及一块长铜片雕着这行字：

　　　　达哈士孔的狒狒
　　　　　　武器箱

箱内的胎子和刻字都须很多的时候。他又在达士达汪店里定制了一极体面的旅行簿用来写他的日记和他的感想；这因为人家不只去猎狮，纵然在路上还得想着别的事哩。

后来他又从马赛买来了一大堆食物罐头，一大堆肉膏预备做羹汤的，一副时新的露天帐棚，即刻就可张起即刻就可折卸的，一双水手穿的靴子，两柄雨伞，一件雨衣，一副保护眼睛的蓝眼镜。末了药剂师伯雨改又为他制了一些便于携带的小药品如膏药，樟脑，治晕病的香醋之类。

可怜的狒狒！所有他做的这些事，都不是为的他自己；然而他却希望借这谨慎的举动当心的举动来把狒狒桑苟的狂怒缓和下去，因为自从行期决定以来他就成日成晚的发气。

## 十三　起程

毕竟，这庄严的日子，这盛大的日子也到了。

从黎明时，全达哈士孔便起来了，拥挤在阿尾尼勇大路和木棉小院的两傍。

窗子上也是人，屋顶上也是人，树上也是人；汹沧河里的船夫，挑夫，刷靴子的，绅士们，缫丝的，织帛的，俱乐部中的人，还有全城的人；此外更有渡桥而来的波改尔的人，乡间种菜的人，有车篷的二轮车，跨着系有缎带，红缨，铜钟，采结，小铃的美骡的割葡萄的人，远远的还有由亚尔耳（尾注十四）而来的美女们，都同她们的情人同跨在铁灰色的喀马尔格小马上，头上系着碧色缎带。

众人都在狒狒门前，即是在这要往特尔去杀狮的良善麦歇狒狒门前熙来攘往的等着。

因为凡是亚尔及尔，阿非利加，希腊，波斯，土耳其，美索不达米亚等等地方，在达哈士孔人眼中只算是一片很模糊的大地方差不多同神话中说的一样，而且便叫做特尔（土耳其的讹音）。

人群丛沓中，那般遮阳帽猎人便走来走去，很得意于他们首领的胜利，因此在他们过往处竟好像画出了许多光荣的蹊径来。

在木棉小院前有两乘独轮小车。大门时时刻刻的半开着，露出好些人都慎重其事的在小花园中散步。有些人便运着大箱，小匣，口袋，都把来放在独轮小车上。

每一件新东西出来，众人都要打一回战。大家皆高声提说那些东西："这件，是露天帐棚……这件，是罐头食品……药品……武器匣……"而且遮阳帽猎人们还逐件讲解。忽然，十点钟了，人群中猛生了一阵潮动。因为花园门在铁铰链上骤然打了开来。

都叫道："就是他！……就是他！"

果然是他。

当他在门口一露面时，有两种惊怪的呼声便从人群中发出来。

"这是一个特尔呀！……"

"他戴着眼镜啊！……"

果然，达哈士孔的狒狒曾以为到亚尔及尔去就应得穿亚尔及尔人的衣服，所以他才穿了一条膨胀的白布大裤子，一件紧揪在身上的铜纽小上衣，三寸来宽的一条红腰带系在腰间，光着颈项，顶发是剃了的，头上戴一大舍西亚帽（红头巾）系着很长的一绺蓝缨！……既穿着这身衣服，而又有两管重枪，每边肩头上挂一管，一柄大猎刀插在腰带中，腹前是弹药匣，背后是一把手枪在皮囊中动摇着。就是这些……

哈！恕罪，我还忘记了那眼镜，这是一副绝大的蓝眼镜，特别借他来把我们这位英雄脸上骇人的样子稍稍改正一点的！

人们呼道："狒狒万岁！……狒狒万岁！"这伟人笑了笑，却没有施敬礼，这因为他的枪把他妨碍着了。到底他现在也知道那民众欢心的价值了；但或者在他灵魂深处却不免要咒骂他这般可恶的乡人们，因为他们逼迫他走，逼迫他离去他那白墙绿窗的美丽小居室……不过这意思没有露出来。

纵然脸色有点凄楚，但他仍沉着而骄矜的向街中走去，端详了一次他的独轮小车，看见东西都收拾得很好，遂毅然取路向车站来，甚至连那木棉小院也绝不回头去望一次。他后面走的是勇敢司令官不纳尾打，旧日的军服大佐，裁判官纳德歪慈，其次是兵器商哥士特·喀尔德以及一众遮阳帽猎人，其次是独轮小车，其次是民众。

站长正在停车场前面等他——这是个一八三〇年往非洲去的老兵①，他很热烈的握了他几次手。

巴黎马赛快车还不曾到。狒狒同他的随员们便进了候车室。特为要避免烦扰，站长等他们进去后便把铁栅门关上了。

在这一刻钟之间，狒狒只在遮阳帽猎人丛中大踏步的踱

---

① 一八三〇年是法国第一次以远征队侵入非洲的日子。 ——译者注

着。给他们说说他的旅行，说说他的猎事，预先答应给他们送些皮子回来。大家便把这一张兽皮就如一场对舞似的各自记在手簿上。

这位骁勇的达哈士孔人这时安静温和得就如苏格拉底饮毒药时一样，每人跟前都有一句话，而大众跟前更是笑容可掬的。他拿着一种和蔼神情说得很简单；大家必然会说他打算在起行之前把一条有味的，懊恼的，可思量的链子剩在他身后。所以一般遮阳帽猎人听见他们的首领如此说着，遂都堕下泪来，有一些还不胜内疚哩，就如裁判长纳德歪慈和药剂师伯雨改。

车站上员役都在暗陬中哭泣。而外面，人们都隔着铁栅来观看并叫道："狒狒万岁！"

毕竟钟声鸣了。一阵殷殷的车轮声，一阵撼动穹窿的汽笛声……上车！上车！

"请了，狒狒！……请了，狒狒！……"

这伟人咕噜道："请了，各位！……"并借那勇敢司令官不纳尾打的两颊把他亲爱的达哈士孔抱吻了一次。

继而他就向铁路走去，走上一箱全是巴黎妇人的车箱内；那般女人看见这样一个怪人又带了这么多的猎枪手枪想来定会害怕死了。

## 十四　马赛的码头开船！开船！

　　一八六……年十二月一日，在正午时候，因为南省冬天的太阳，现出一片明澈光辉的天气，一般马赛人都骇然的看见至热闹的加伦比野尔街上来了一个特尔人，啊！但是，一个特尔人！……他们从没有看见一个像这样的特尔人；实则上帝才知道马赛有若干的特尔人！

　　成问题的特尔人——还须我来告诉各位吗？——自然就是狒狒，就是那伟大的达哈士孔的狒狒，他沿着堤岸走去，后面随着他的武器匣，药品匣，罐头匣，从都亚失转运公司的停车处走到儒亚夫邮船上，这就是载他往非洲去的邮船。

　　狒狒耳朵里还满装着达哈士孔人的欢呼声，目前又被这天光海气迷醉着，他便迈步走起来，肩头上挂着枪，昂起脑袋，一面拿眼睛来端详他第一次看见的马赛至美的码头，这码头好生令他目眩心怡……这可怜的人以为是在梦中。仿佛他的名字叫作水手散巴，仿佛他正在一个寓言的城中游行，就如《天方夜谭》上的城池一样。

　　有一眼望不尽的樯桅，大大小小向各方交叉着。竖有俄罗斯，希腊，瑞典，屠尼斯，亚美利加各地方的旗子……堤下的船只并排靠着，船首斜桅伸到岸边就如几行刺刀一样。在船身所绘的水神，女仙，圣母和别的图画上面就是船名；

所有这些绘画都被海水吃了，吞了，淋湿了，霉烂了……群船中间时时现出一片海面，就如一大片被油染过的花纹一样……樯桅攒集中，若干的鸥云在蓝天上做弄出无数的美丽斑点来，还有年轻的见习水手们，都用着各种的语言彼此呼唤。

堤岸上，在那由胰子工厂内流来的又绿，又浑，又黑，又浮有油痕与曹达的沟水之间，便是一大群关吏，运夫，挑夫，和他们那驾着哥尔士（尾注十五）小马的二轮车。

还有卖外国货的大商店，水兵在其间备餐的烟熏木板屋，卖烟斗的商人，卖猴子鹦鹉绳子帆布的商人，稀希古怪的古董店，其间乌七八糟的陈列了一些旧炮，镀金的大提灯，旧的双滑车，缺齿的旧铁锚，旧缆绳，旧滑车，旧传声筒，以及酿·巴尔特和都格屠鲁安时代的海军眼镜（尾注十六）一般卖牡蛎和蚶子的女人便蹲踞在她们蚌蛤旁边吱吱格格吵闹。过路的水兵们都带着他们的沥青罐，柏油提桶，以及他们刚拿在淡白自来水管边洗过的一篮子墨鱼。

到处都是那不可思议的种种商品：丝织货，生矿，几千斤重的木材，铅桶装的鲑鱼，呢布，白糖，红豆，油菜，甘草，甘蔗等等。东方西方混合一处。大块的荷兰奶饼却是热伦人用手染红的。

那一边，是麦堤，运夫们从那大架高处将他们的口袋倾在岸边。金泉似的麦子遂在一种黄烟尘中流出来。戴红头巾的男子们便把麦子放在驴皮做的簸箕中筛着，又把他载上车去，车子走开时后面总跟有一大群拿着小扫帚和拾穗篮的妇人孩子……再远一点，是船坞，许多大船都侧睡着，人们便用茅草去烧他，以便把那些海藻给他除去，桅杆浸在水里，到处都有松脂气息，木匠的铁锤把那带铜片的船壳敲得一片响。

桅林中间，有时也有一片空隙。于是狒狒便看见了码头的入口，看见那来来往往的船，或是一只开往马耳特（尾注十七）去的英国巡洋舰，舰上一般戴黄手套的军官们，或是一只在咒骂呼叫声中拔锚的马赛大帆船，船主穿着外袄戴着丝冠站在船梢上正用着南省言语在指挥一切。还有一些船，张着满帆，走得同奔马一样快。那方极远处还有一些船在太阳光里好像在空中的一般缓缓走来。

而且随时都是那可怕的喧哗，都是车子的轮转声，都是水兵们的"啊！升起"，都是凶詈，歌唱，轮船的汽笛声，以及圣酿炮台，圣尼古纳炮台的号鼓，马乳尔教堂，阿鼓尔教堂，圣威克多尔教堂的钟声；其间还有把这各种声音，各种喧闹一齐卷去的猎猎北风，他把这些音响流转着，震摇着，更把他的特别声音夹在里头，做弄成一片疯狂的，蛮野的，英雄的音乐就如那旅行曲一样，这曲遂令人发生一种起行，远走，高飞的渴想。

骁勇的达哈士孔的狒狒之所以能开船赴狮乡去的，就得力在这妙曲的音韵！……

（第一段完）

**第一段尾注：**

尾注一　达哈士孔 Tarascon 这个字是从 Tarasque 这个字出来的。Tarasque，据法国南边人的传说讲来是最古一个水陆两栖的怪兽，当时常常出没于沕沦河中及其两岸，其性极凶猛，凡碰着它的，无论是人是牲畜都做了它的腹中之物。其后便有十六个地中海滨的居人联合去杀它，一场恶斗之后，怪物是死了，而中间的八个人也战死了，剩下的八个人便是后来达哈士孔及对岸波改尔两城的始祖，因为这怪物尸壳藏在达哈士孔城，所以这城名便将就怪物的名字把字尾一改就成了达哈士孔一音，这是传说如此。至于阿哈日伦 Jacques de Voragine 的《古事录》却说这怪物是女圣人马尔特 Sainte Marthe 收伏的，这女圣人是当时达哈士孔城的女主，因此之故，一直到现在每年神圣降灵节的一天，以及圣马尔特节的一天，达哈士孔和波改尔两城还要举行一次盛礼。本书第一段第二节所言的系根据于传说。至狒狒 Tartarin 一字似也从 Tarasque 一字孳乳出来，字典解释说是似猿非猿似人非人的东西，研究动物的人遂取以名狒狒。作者此书本是为讥刺法国南方人而作的，故采用狒狒一字以名书中的主人翁，总意便是说法南的人都是似猿非猿似人非人的东西。并且作者本身就生长于法南里门，故他描写南方人的性情举动言语风俗，无不入木三分，在本书之前，法国文学书中绝少有这类以轻倩讽刺的笔墨来细细描写法南人情风土的作品，故此创作一出，而作者的声名乃大著。

尾注二　撒阿瓦 Savoie 是法国东境与瑞士相接的一省，省会名字就叫撒阿瓦。此地风景绝佳不让瑞士，而且踞于阿尔伯斯山中，气候高寒，每年来此避暑的甚众。撒阿瓦小孩子多半散往法南各处以扫烟筒及提着靴墨箱给人刷靴子为生，故法南人遂把"撒阿瓦小孩子"一句用入口语，凡见刷靴子的，不问他是何处人，通通以"撒阿瓦小孩子"名之。

尾注三　喀马尔格 Camargue 是距达哈士孔不远的一片草原，土人用以牧放牛羊。草原绝广大，牧人皆戎装跨马持长矛，颇似坎拿大的 Cowboy，所以此处又出产骏马。

尾注四　色木爵士 Lord Henry Seymour 是英国一个著名的奇人，一八〇五年生于巴黎，一八五九年死于巴黎，差不多他一生的光阴都在法国过去的。他一生的行为极奇特，因此他的名字就流传在法人口语中，凡是题目一个人奇怪有钱好施与的，便名之为色木爵士。

**尾注五** 《纪芍特贵人》Don Quichotte 是西班牙一部最有名的小说，作者名字叫做撒维达 Miguel de Cervantes Saavedra 是十七世纪前半期的人。他这小说在欧洲文学上很有影响，完全是十七世纪绝浪漫的一部武士主义小说，因为这小说结穴太骤，于是模仿他笔调为他续作或加入材料将全书改作的很多很多，流传至今尚有三十余部。纪芍特就是原书的主人翁，是一个饱读古代小说，大受浪漫影响，以一马一剑遨游各地，屡遭奇缘的一个骑士。这名字在法国小说中最容易遇见，但用意各有不同：因为纪芍特是一个浪漫骑士，遂有借来形容那浪漫不拘的风流名士的；因为纪芍特是个好色之徒，遂有以借来形容那色迷的爱情者的；因为纪芍特好游，所遇奇事甚多，遂有借来形容那见闻极广而不踏实的放谈之人的；然而在口语中借用的意思，多半是拿来形容瘦人，因为纪芍特又瘦又高的原故。

**尾注六** 规士达夫·爱马尔 Gustave Aimard 于一八一八年生于巴黎，一八八三年死于巴黎，是十九世纪一个不甚重要的法国文人。他平生游历甚广，曾到过美洲，西班牙，土耳其，高加索等处，做有冒险小说多种，不过文笔很平弱，占不着重要位置。

菲立马尔·苦蒲 Fenimore Cooper 是美国人，生于一七八九年，死于一八五一年，是一个司法官的儿子。十六岁时辍学入海军，漫游五年，再归其父家，继续求学。曾于一八二六年至一八二九年任美国驻里昂领事。其后便漫游德国，瑞士，意大利，研究各地的风土人情，一八三二年归国，做了小说多种。批评家说他小说中颇含国性，尤能把行将隐灭的印第安人的风俗写出；大概他小说中皆包含得有美洲大平原，大森林，海洋之美。

**尾注七**　桑芍·邦沙 Sancho Panza 就是纪芍特贵人的马夫。纪芍特小说分为上下二卷，上卷只叙纪芍特独自一人出来遨游的事，下卷就加入他的马夫桑芍。桑芍是恰和纪芍特相反的一个标本，纪芍特骑马，桑芍骑驴，纪芍特用长剑，桑芍用短刀，纪芍特瘦而高，桑芍肥而短，纪芍特极聪明而富于感情，桑芍奇蠢而且麻木。桑芍的名字也和纪芍特一样被法国人采用为平常口语，拿来形容肥短而带蠢像的人。

**尾注八**　吕西央 Lucien 是古代希腊的哲学家与修辞学家，生于耶稣纪元前一二五年，死于一九二年。父母都很贫穷，幼年时在他一个叔父家学塑像，其后便学法律当律师。最后游历世界，在埃及、波斯等处留居很久，到处演说；一六一年之顷复归故里，遂一变而为讽刺家，所著书甚多，除数册哲学外，以讽刺对话为最有名。

圣爱屋猛 Charles de Marguetel de Saint Evremond 是法国文人，生于一六一〇年，死于一七〇三年。最初学法律，后忽弃学而从军，屡任少尉，曾于一六四五年受伤。其后因故去职。他虽屡任军职，但性情极近于文学，最喜欢在沙龙中来往和诸文人及诸贵妇为友；最后因为给朋友写了一封信反对比赫勒和约遂被捕入巴斯底大狱。数年释放，便出游荷兰、英国，留居伦敦不归。他著书甚多，倒不仅仅以对话文章出名。

**尾注九**　阿特纳士 Atlas 一字的原意是山岭，欧洲古代人遂用他来命名非洲北部及西部一带的地方，有大阿特纳士小阿特纳士之分，至于亚尔及尔的阿特纳士是指 Djurdjura 一带山脉而言，但用入口语中其意仍为山岭。

**尾注十**　蒋比士 Cambyse 查系耶稣纪元前六世纪之波斯暴君，曾因故杀其弟，他妹子又是他妇人哭于尸侧复被其蹴死，后二年求婚于埃及王，埃及王乃将前王之女遣嫁之，但此女已曾充埃及王之妾；蒋比士因报复此辱，遂兴兵侵入埃及，六阅月即将全埃及征服，但不久二地皆叛，波斯另拥新君。蒋比士闻耗返国，走死于途，一说是由马上跌下佩剑穿胫而死，一说是自杀，但与此处所云之蒋比士不类。此处征引之蒋比士当与作者同时始能云新死，而死法亦奇特，但遍考他书皆不得其来历，姑阙疑待后征考。

尾注十一　玉勒·惹哈尔 Cirille Jules Basile Gérard 是法国海军官，别号叫"杀狮人"，生于一八一七年，于一八六四年死于非洲。在海军中不甚有名，后因游至亚尔及尔，其地正有狮患，惹哈尔遂留居其地十二年，共杀二十五狮，以此著名。

尾注十二　此歌原文完全写成达哈士孔的土音，原文如下：

> Lou fùsioù de mestre Gervaï
>
> Toujou lou cargon,toujou lou cargon,
>
> Lou fùsioù de mestre Gervaï
>
> Toujou lou cargon, part jamaï.

若用法文译出便是：

> Le fusil de maître Gervais
>
> Toujours on le charge, toujours on le charge,
>
> Le fusil de maitre Gervais
>
> Toujours on le charge, il ne part jamais.

查此歌系模仿里门一首俗歌写出的，这俗歌名为《罗曼大师之小室》，柔音靡靡悦耳，颇流传于法国南部，兹将原文，法文译文，中文译文一并写在下面：

原文：

"Lou mayet di mestre Roumiou"

Couplet：Alo foun de Nimas

Y a un amindiè，

Qué fai las flous blaucas.

Couma la moudiè.

Refrain：Lou mayet di mestre Roumiou

Es oun mayet coumè nia gaide

Poubès courri tou lou terraou.

N'èn troubeiras pas coumè lou sion.

法文译文：

Le mas de maitre Romain

Couplet：A la fontaine Le Nimes.

Il y a un amonier

Qui fait les fleurs blanches.

Comme le mrier

Refrain：Le mas de maitre Romain

est un mas comme il ny en a guèro

Vous prouvez courrir tous le terroir

Vous nen tronveriz pas comme le sien.

中文译文：

### 《罗曼大师的小室》

小　　歌：在里门的流泉边

　　　　　有一株杏树

　　　　　他开着白花

　　　　　好像桑树

合　　歌：罗曼大师的小室

　　　　　是一所稀有的小室

　　　　　你尽可以跑遍各地

　　　　　你断寻不出一所像他的小室来


**尾注十三**　在法南各地刷靴子的除撒阿瓦小孩子外，还有阿维尼 Auvergne 地方的小孩子，故人亦呼刷靴子的为阿维尼孩子。此书原文不是写的阿维尼孩子，是写的 fouchtras 一字，按此字是阿维尼人专有的惊叹词，故作者即以此字代替阿维尼人。

**尾注十四**　亚尔耳 Arles 也是沕沧河边一个古城，距达哈士孔不远，城中收藏罗马人遗物不少。

**尾注十五**　哥尔士 Corse 是地中海的一个大岛，与西西利岛接近，为法国第六省。

**尾注十六**　酿・巴尔特 Jean Bart 是法国海军大将，生于一六五〇年，死于一七〇二年，在鲁意十四朝下以屡与荷兰及英国海军战争著名。

都格屠鲁安 Duguay-Trouin 也是法国海军大将，生于一六七三年，死于一七三六年。

**尾注十七**　马尔特 Malte 是地中海一个岛名，在西西利岛与非洲之间，一八〇〇年属于英国。

第二段

# 在特尔时

## 一 渡海舍西亚的五种样子 第三日之晚

**救命！**

亲爱的读者们，我决意把达哈士孔的狒狒的舍西亚（红头巾）于这三天在法兰西与亚尔及尔之间渡海的时节，他（指舍西亚）在儒亚夫船上所做的各种样子细细的描画出来放在第二段的前头，使各位来赏玩他。

我先给各位说他在启程时的样子，那时他在甲板上多么的英武，多么的壮美，把这个达哈士孔人的体面脑袋仿佛笼罩了一道圆光似的。我再给各位说他在出港时的样子，便是正当儒亚夫在水波上缓缓移动之际：我告诉各位他又惊又战，似乎业已感觉他海行病的苦楚了。

其后，在狮湾之中，人家正向大海间进行和海水比较的不平稳时，我请各位来看他和海风争斗的样子罢，他在这英雄的脑顶上直翘起来，而他那蓝绒长缨也在海雾和烈风中间竦然竖起……第四个样子了。就是在晚间六点钟，望见哥尔士角时。不幸的舍西亚正倚在船舷上面焦然的注视那海水，测量那海水……末后，第五次以及末次的样子来了，便是在一所狭小的舱里，一张好像衣柜抽屉样子的小床上，一件可怜而不成形的东西滚在枕头上的便是他。这就是那舍西亚，起程时何等英武的舍西亚而现在却弄成一顶破头巾的怪像，并且深深盖在一个苍白昏眩的病人头上……

……

哈！假如达哈士孔众人能够看见他们伟大的狒狒于这厨房与潮湿木头的恶气息之间，即是说于邮船的令人呕吐的气息之间，当着从顶窗射下的惨淡而凄苦的光线下，睡在他那衣厨抽屉中之际；假如他们听见他随着推进机的动作而呻吟，听见他每五分钟都在索茶，并听见他拿起一片小孩子的声音咒骂那仆役之际，他们绝不愿意逼迫他走了……我说老实话！这可怜的特尔果真的可怜。因为他忽然就病了，这不幸的人竟没有勇气来解去他那亚尔及尔人的腰带，除去他的武装。所以那猎刀的长柄便压坏了他的胸部，手枪的皮囊磨坏了他的两腿。结果他的，更是狒狒桑芍咿咿唔唔的怨声，他不停的抱怨，不停的咒骂：

"蠢东西，滚蛋！……我早给你说得清清楚楚的了！……哈！你愿意到阿非利加来……好，歹！你瞧，阿非利加！……你觉得他怎样？"

而最残酷的更是在舱里瑟索打战的时候，这不幸的人偏把大客厅里的笑声，饮食声，歌声，打纸牌声听得清楚。这一般人也和儒亚夫甲板上的许多人一样的快乐。有回防去的军官们，有马赛的贵妇人，有戏子，还有一个从麦加来的回教富翁，一个很漂亮的门的内哥亲王，他能模仿哈维尔和纪尔伯莱士的歌声（尾注一）……这般人中没有一个患海行病的，他们的时间俱是同儒亚夫船主喝香槟酒过去了，船主是一个良善活泼而肥硕的马赛人，亚尔及尔他有一个老婆，马赛他也有一个老婆，他那快乐的名字叫做巴尔巴苏。

达哈士孔的狒狒恨极了这般恶人。他们的欢乐更添起他的痛苦来……

末了，在第三天的下午，船面上忽发生一种出奇的动作，这动作遂把我们的英雄从那长期麻木中引了回来。前梢的钟响了起来。只听见水手们的厚靴子在甲板上奔走。

船主巴尔巴苏嘎声的叫道："前机！……后机！"

其后一声："机器，停止！"立刻便顿住了，摇荡起来，更没有什么……那邮船只是从右向左静静的荡漾着，好像空中的一个气球一样……

这奇怪的静境便惊起了这位达哈士孔人。

他拿起一片可怕的声音叫道："救命呀！我们沉没了！……"

并且，他的气力好像受了魔术而回复了似的，猛的跳出他的蜷伏所，带起他的武装向甲板上急急跑来。


## 二　拿兵器！拿兵器！


人家并没有沉没，原来拢了岸了。

儒亚夫刚刚走入海港，一个深黑海水的美港，但是很寂静，很幽郁，差不多很荒凉的。迎面在一带小冈上，便是带着许多死白色小屋的白亚尔及尔，那房屋一直降到海边，彼此鳞比着。就同巴黎城外麦洞丘上晒的衣服一样。房屋上面就是一片蓝缎子似的长天，啊！蓝极了！……

著名的狒狒稍稍把他的恐怖收回了一点，瞅着这风景，一面很恭敬的听着门的内哥亲王说，这亲王站在他身边给他指点那城内的各区，比如喀士巴宫，高城，巴卜阿润街等。这亲王很有学问；不但彻底知道亚尔及尔还能把亚喇伯语说得很流利的。因此，狒狒便安排着来增进他相识的程度……忽然沿着他们倚仗的船舷，这达哈士孔人便看见一行黑而且肥的手扳在外面。差不多立刻就有一个鬈发的黑人头涌现在他的跟前，他还不曾开口，而甲板上已从各方面侵入了百十个海盗，黑的，黄的，半裸的，奇丑的，可怕的。

这般海盗，狒狒全都认识……这正是他们，换句话说，就是"他们"，就是他在达哈士孔街上屡屡寻觅的"他们"。毕竟"他们"也决意来了。

……起初他还惊得钉住在他的地位上。但是当他看见海盗们向着行李奔去，把遮盖行李的帐棚拉开，动手来抢劫船只时，这英雄方警觉了，便拔出他的猎刀，向众旅客呼道："拿兵器！拿兵器！"并且他便第一个向海贼奔去。

船主巴尔巴苏由中舱甲板走出来，便道："做什么？有什么事吗？你要干什么？"

"哈！你看，船主！……赶快，赶快，叫你的人拿兵器！"

"赫！干什么呀，我的天？"

"你没有看见吗？……"

"什么事？……"

"这里……在你跟前……海寇……"

船主很惊异的看着他。正这时候，一个高大的黑鬼从他们跟前走过，背上背着这英雄的药品飞跑。

"恶贼！……等着我！……"这达哈士孔人喊了一声；便挺着他的短剑向前冲去。

巴尔巴苏赶快抓住他，并紧紧揪住他腰带：

"安静点罢，发什么气呀……这并非海寇……许久以来便没有海寇的了……这是挑夫。"

"挑夫！……"

"赫！是呀，挑夫，他们来寻找行李把他载上陆地去的……把你那小刀儿，鞘起好了，把你的船票给我，跟着这黑人走罢，一个正经的孩子，他定会引你到陆地上去，假如你愿意时也一样可以引你到旅馆去的！……"

狒狒稍稍有点惭愧，给了他的船票，便跟着黑人由绳梯走下一只在大船边跳舞的拨船中。所有他的行李业已放在那里了，他的箱子，武器匣，食物罐头等；因为这些东西载满了拨船，人家就不必再等别的旅客。那黑人攀上箱子同猴子一样蹲踞在上面，两手抱着膝头。另一个黑人打着桨……两个都笑嘻嘻的瞅着狒狒现出他们的白牙齿来。

这伟大的达哈士孔人站在后梢，带起那使他乡人们恐怖的撇嘴样子，激昂的转着他小刀儿的刀柄；因为纵然巴尔巴苏给他说过了，而他对于这乌木皮肤的挑夫的恶意只放了一半的心，因为他两个并不很像达哈士孔正直挑夫的样子。

五分钟后，拨船便到了岸，于是狒狒便置脚在这野蛮的小码头之上，此地，在三百年前曾有一个西班牙囚人叫作密舍尔·色尔旺特士的（尾注二）——在亚尔及尔苦役之杖下——预备了一卷最有名的小说，其名就叫作《纪芍特贵人》！


### 三　祈祷于色尔旺特士　登岸　特尔在何处？


**没有特尔醒悟了。**


啊，密舍尔·色尔旺特士，撒维达，假如别人说的话是真的，即是说凡伟大人物住过的地方总有些他们的精神永永浮荡在空中的话是真的时，那吗，从你身上留置在这野蛮海滩间的精神看见这个南方最佳标本的法国人，他身上活泼泼的包含着你书中的两个主人翁：纪芍特贵人和桑芍·邦沙，这个达哈士孔的狒狒登岸时，你那精神定会快活得跳动起来了……

这一天空气是烦热的。五六个关吏，都是亚尔及尔人，正在流着太阳光线的岸上等候法国新闻，几个蹲踞的摩尔人抽着他们的长烟管，一些马尔特水手牵着大网，期间有几千白鳞鱼在网眼中灿烂得就同银币一样。

但狒狒刚一置足到地上，岸边就汹动起来，换了样儿。一群野人比船上的海盗们还丑恶，都从堤岸的石头间耸身而出向这登岸的人涌来。有赤裸裸披着绒毡的大亚喇伯人，有穿得很褴褛的摩尔人，有黑人，有屠尼斯人，有马阿洛人，有门惹比特人，有穿着白套衫的旅馆员役，都叫着，喊着，争着解他的衣裳，争着抢他的行李，这个搬去他的罐头，那个搬去他的药品，而且说着非洲人的法国话把那似乎不是真正旅馆的名字纷纷投递给他……

可怜的狒狒被这喧嚣吵昏了，走去，走来，咒骂，恶詈，奔波，跟着他的行李瞎跑，简直不知道怎么样才能使这般野蛮懂得用法文说的训词，用南省话说的，甚至用拉丁文说的，变像拉丁文说的，比如 rosa（玫瑰），la rose（玫瑰），bonus（好字的阳性），bona(好字的阴性)，bonum（好字的中性）等等，凡他所知道的……辛苦极了。人家却不听他说……幸而有一个短小的男子，穿着一身有黄领的屠尼斯人的衣服，拿着一条长手杖，就如荷马的上帝一般（尾注三）羼进这纷乱中来，并且每个贱民身上都赏给几杖。这是亚尔及尔城的警察。很有礼貌的，劝狒狒往欧罗巴旅馆去住，又把他托付给这地方的仆役把他的行李和他用几辆独轮小车引去。

达哈士孔的狒狒一脚跨入亚尔及尔城，便大睁着眼睛。在前他凝想必是一个东方式的，仙乡中的，神话内的城池，总有一些君士坦丁堡与马其顿之间的东西……他却完全到了达哈士孔……有咖啡店，有餐馆，有广阔的街道，有四层高楼的房子，有一片小小的沥青涂过的空场，一些军乐队正在那里奏演阿方巴克制的《波尔喀》曲，有坐在椅子上饮啤酒用点心的麦歇们，有太太们，还有几个娼妓，而且有军人，又有军人，常常都有军人……但是没有一个特尔！……只有他一个……因此，他从空场上经过时，不免有点拘束。众人都把他瞅着。军乐队也停止了，阿方巴克的《波尔喀》曲也中断了。

　　狒狒肩头上挂着两支枪，腰间佩着手枪，威猛狞恶得就同鲁滨孙一样，由人丛中庄严的走过；但是一到旅馆他的气力便用尽了。凡在达哈士孔启程时的光景，在马赛船埠间的光景，飘洋渡海的光景，门的内哥亲王的样子，海寇的样子，都一齐在他脑中翻腾起来……理应弄他上楼去，理应解去他的军装，理应脱去他的衣履……大家业经打算去请医生了；但是，一倒上枕头，这英雄便畅心快意的高高打起鼾声来，因此旅馆主人便忖度医药是可以不必用的了，而众人也就悄悄的退了出去。


## 四　第一次埋伏


　　当狒狒醒来时，官署的大钟正打了三点。他足足睡了一黄昏，一夜，一早晨，以及半下午；应该这样说三天以来舍西亚都不胜疲倦的……

　　英雄眼睛一睁开第一个思想便是："我在狮乡中了！"何以不说这句话呢？一想到狮子就在这很近的地方，两步远，差不多就在手边，而且一想到正要去搏战，扑扑扑！……一股寒气便袭到他身上，于是他就毅然的躲进被单中去。

但是，一会之后，外面的乐事，碧蓝的天，在房间里流动的太阳，在他床上用的早点，对海大开着的窗子，一瓶克列西亚名酒的灌溉，便极快的把那英雄气概给他引了起来。他便掀开被单呼道："猎狮去！猎狮去！"并赶快穿起衣服来。

这就是他的计画了：不向一个人说便出城去，走入沙漠中，等到夜里，埋伏着，于是到第一个走来的狮子，訇！訇！……第二天就回欧罗巴旅馆来用早餐，受亚尔及尔人的颂词，并赁一辆货车去寻觅那死兽。

他迅速的带上武器，把露天帐棚卷在背上，那粗大的撑竿翘在他头上尺许高并且挺直的就如一条大杖似的，走到街上来。他在街上并不愿向人问路，生恐泄漏了他的计画，遂坚决的转向右手，穿到巴卜阿润街的穹窿下，一般亚尔及尔的犹太人都从他们黑魆魆的店子深处如蜘蛛一般躲在角上看他走过去；他穿过了戏园空场，到了城边，末后便对直向米士达发尘土迷目的大路走来。

这路上好生拥挤。又是大公车，又是箱马车，又是二轮轻车，又是载货重车，又是用几尾雄牛拖行的刍荛车，又是非洲骑兵队，又是极其矮小的驴群，又是卖军用干饼的黑女人，又是移居的亚尔蓬斯人的车子，又是穿红外套的非洲步兵，如此种种都在那呼号，歌唱，喇叭声中绵延于尘涡间，两傍便是那些下贱的木板屋，许多壮大的马阿洛女人都在各家门前哼哼唧唧的，还有坐满兵士的酒店，肉店，造肥料店……

伟大的狒狒寻思道："那般作家们把他们的东方是怎样向我说的呢？原来也同马赛一样没有好多的特尔。"

忽然他便看见一个壮美的骆驼踏着大步，威风得就如一只大火鸡似的从他身边走过。这东西很令他心跳。

已经有骆驼了！狮子当不远了；果然，五分钟之后，他便看见一群猎狮的人，肩头上掮着枪向他走来。

我们的英雄从他们身边走过时便自言自语道："蠢人！蠢人！成群结队的去打狮子，而且还带着狗！……"因他从不曾想到在亚尔及尔除了猎狮外，人家还能猎别的东西。然而这般猎人都带着那歇业商人的善良面孔，并且带着狗带着猎囊去猎狮子的方法也太陈腐可笑，因此，这位达哈士孔人便起了一点奸心，以为应该同这般麦歇中间的一个去接近一下方好。

"别的，伙伴，猎事还好吗？"

那一个拿起一种惊骇的眼睛把这达哈士孔战士的武装看着回答道："还不恶。"

"你有猎得么？"

"正是……不坏……请看好了。"

于是这亚尔及尔猎人便指一指他的猎囊，其中装满了兔子和鹬鸟。

"这样么！你的猎囊？……你把它们装在猎囊内吗？"

"不装在猎囊里你打算装在那里呢？"

"那吗，这便……这便是顶小的了……"

"小的，可是也有大的，"这猎人道。

因为他要忙着回去，他便大踏步向同伴们那里走去了。

骁勇的狒狒惊得呆立在大路中间……回想一会后，他便道："罢，这都是不中用的人……他们并没有猎着……"他仍旧走了起来。

房屋业已稀少了，行人也一样。夜色下来了，东西却变得模模糊糊的……达哈士孔的狒狒又走了半点钟。末后他便住了脚……已是十分的夜了。一种没有月亮只有星光的黑夜。路上没有一个人……虽然如此，这英雄却寻思狮子是不像公车的，他们断不会在大路上走。他便穿到田野中去……逐步都是壕沟，荆棘，刺树。不管怎样！他依然走去！……其后突然的，止步！我们的伟人便说："这里一定有狮子了。"于是他就左右的闻嗅起来。

# 五　訇！訇！

这是一片荒野的大沙漠，一些奇怪的植物，东方的植物都森森立着，带一种恶兽的样子。在隐约的黑光下，他们拔地而起的巨影四向交叉着。左边，一片模糊的山影，或者是阿特纳士！……左边，是看不见的海暗暗的潮涌……一片真正藏匿野兽的巢穴……

一杆枪放在跟前，一杆枪握在手上，达哈士孔的狒狒便跪一只膝头在地上等着……他等有一点钟，两点钟……并没有什么！……于是他记起他书上说的那般杀狮的人去打猎时未有不牵一头小山羊去的，他们把这小山羊系在他们跟前几步远处，并且用一条纲绳子拉着他的蹄子使他叫唤。这里既没有小山羊，这位达哈士孔人便起意来试一试口技，于是他便做着山羊声音鸣起来："咩！……咩！……"

起初还很轻，因为在他心里他还有点害怕狮子听见……其后，看见没有什么东西走来，他就鸣得高一点："咩！……咩……！"还没有什么！……忍不住了，他便鸣得更高一点并且接连几次："咩！……咩！……咩！……"用力过猛以致这小山羊末后竟有点像雄牛的样子。……

忽然，在他跟前几步，一个黑而大的东西走来。他住了声……这东西低下头去，向地上嗅着，跳了一下，便转了身，奔走了，其后又回来，清清楚楚的站着不动……这是狮子，无二无疑的！……现在已看清楚他那四条短蹄，他那巨颈，他那双睛，一双在暗地里发光的大眼睛……瞄准，扳机！訇！訇！……得了手。立刻向后一跳，并把猎刀握在手上。

一片可怕的嘶声应着达哈士孔人的枪声而起。

狒狒呼道："打中了！"

于是，便耸身伏着，预备来迎敌这猛兽；但这东西却不如他所料只长嘶着飞驰逃走了……然而他却不动。他等着那母的……依然照书行事！

不幸，母的却不来。等了两三点钟之后，这达哈士孔人也倦了。地上又湿，色气又凉，海风又寒。

他道："我假寐着等到天明如何？"于是特为避免痹痳病起见，他便来撑他的露天帐棚……但是碰了鬼！这帐棚是一种极灵巧，极灵巧的机关，弄得他简直打不开。

他枉自费了一点钟的手脚，出了一点钟的汗，这遭瘟的帐棚老打不开……就如遇着倾盆大雨时有些雨伞偏要同你们调皮的一样……战争疲了，这位达哈士孔人便把那东西丢在地上，睡在上面，用着那真正南省人的话咒骂着。

"达，达，哈，达，达哈达！……"

狒狒猛然醒来道："这为什么？……"

这是非洲骑兵在米士达发兵营中吹的起床号音……猎狮人大惊揉着两眼……他原来以为是在极荒凉的地方！……各位可知道他在何处？……在一方莲花菜畦中，一边是白菜花，一边是甜萝葡。

他的撒哈拉中有许多的菜……就在他身边，在上米士达发的绿冈上，许多纯白的亚尔及尔别墅晶明耸列在晨光宿露中：人家可以相信是在马赛的附近，是在巴士底德和巴士底董的中间了 ①。

这片沉睡的菜园和绅士人家的气象把这伟人好生的惊了一跳，并令他古怪的生起气来。

他道："这般人都是疯子，把他们的莲花菜种在狮子的邻近……毕竟，我没有在梦中……狮子是到过这里来的……还有证据……"

证据，就是那遁兽剩下的血痕。这勇敢的达哈士孔人便把手枪握在手上，用眼睛探寻着，循着血迹，从一株莲花菜到一株莲花菜一直走到一片小小的荞麦田中……麦草倒了一

---

① 法国人的习惯，尤其是南边的法国人，每礼拜日总喜欢往乡下自家私地内去休息，除富家有别墅外，平常人家都在私地中筑有小小的板屋一间，礼拜日便在其间饮食；这种板屋的名字各地不同，在里门称为马色 mazet，在阿维尼称为比龙 buron，在色特称为巴哈格特 baraquette，在达哈士孔称为喀巴龙 cabanon，在马赛称为巴士底德 bastide；巴士底董 bastidon 是更小的巴士底德。　　——译者注

坝，还有一洼血；而且血水中正侧卧着，头上带着一块巨伤，一头……请猜一猜！……

"一头狮子，呀！……"

不是的，一头在亚尔及尔最为常见的极小的驴子，在这地方名为补里哥的驴子。

## 六　母的到了　可怕的仗火

### "兔子会合处"

狒狒看见他可怜的牺牲品时第一个动作是丧气的动作。从一头狮子到一头补里哥真果太差得远了！……他第二个动作是非常怜悯的动作。这可怜的补里哥好生体面；它的样子很驯！胁间的皮犹是温的起伏得同浪头一样。狒狒便跪了下去，并拿起他那亚尔及尔人的腰带强勉去止住这不幸畜生的血；以这样伟大的人来看护这样小的驴子，各位尽可想出是何等动人的事。

这还剩一丝性命的补里哥与这腰带一接触时便睁开他那灰色的大眼睛，把长耳摇了两三次仿佛说："多谢！……多谢！……"其后一阵最终的痉挛从头至尾掣着他，他便不动了。

忽然一片被苦恼哽着的声音呼叫道："黑儿！黑儿！"

同时那左近的灌木枝条便动摇起来……狒狒只有站起来防御的时候……这是母的！

她到了，又可怕又暴怒，却是一副亚尔萨斯老妇人的面孔，头上包着手巾，手上执着一柄大红雨伞，把她的驴子唤得米士达发各方都生了回声。实实在在，对于狒狒的事情倘若当真走出一头狂怒的母狮子来倒比这恶老妇人好多了……这不幸的人徒然去向她解说这事是如何经过的；他如何把黑儿当作一头狮子……那老妇人却以为人家在挪揄她，便狂暴的喊出一声"达尔特飞！①"一阵雨伞直向这英雄身上打来。狒狒有点惭愧，只好尽力来自卫，又出汗，又喘气，又跳，又叫："但是，马丹……但是，马丹……"

滚开罢！马丹是聋子，她那怒态可以令他明白了。

幸而第三个人来到这战场中。这就是那亚尔萨斯女人的丈夫，亚尔萨斯人又是酒店主人，而且还是最会打算盘的。当他明白是同什么人在起纠葛，以及这凶手只求偿付那被害者的价值时，他才解除了他老婆的武器，而大家也和好了。

狒狒付了二百佛郎；驴价顶多只值十佛郎。这是亚喇伯市上补里哥最公平的价值。其后大家就把可怜的黑

---

① 达尔特飞是法国北方和东方人的惊叹词。　　——译者注

儿葬在一株无花果树下，而亚尔蕯斯人因为被达哈士孔人所付的西班牙银币的色彩买得了欢心，便邀请这英雄到他酒店中去吃一餐，这酒店离此只有几步就在大路的旁边。

亚尔及尔的猎人每礼拜日都要到这店里来早餐的，因为这草地中猎物最多，而绕城两法里更没有比此处兔子再多的地方了。

狒狒问道："狮子呢？"

亚尔蕯斯人很惊怪的看着他：

"狮子？"

这位可怜的男子稍稍有点不放心道："是呀……狮子……你有时也看见过吗？"

酒店主人狂笑起来：

"哈！班！多谢……狮子……何以说到这句话？……"

"亚尔及尔竟没有狮子么？……"

"说老实话！我从没有看见过……而且我在这省住了二十年。但是，我相信听见说过……似乎是报上说过……不过很远，那一方，在南边去了……"

……

这时候，他们已到了酒店中。一所城外的村酒店，就如大家在巴黎近郊枉夫村和邦丹村所见的一样，门上一束退了色的细枝，墙上画了一些台球竿和这面老实招牌：

"兔子会合处"

兔子会合处么！……啊，不纳尾打，何等样的纪念！

## 七　一辆公车的故事，一个摩尔女人的故事，一串茉莉花的故事。

第一次失败的事沮丧了多少人；但是勇健如狒狒一样的却不会这样容易就打倒了。

英雄寻思道："狮子在南边，那么！我就往南边去。"

把他最后一块面包吞后，他就站起来，致谢了他的主人，毫无仇恨的抱吻了那老妇人，对那不幸的黑儿倾了最后一滴眼泪，他便带着决心要赶快走回亚尔及尔城捆起箱子当天就动身往南边去。

不幸那大路似乎从头夜来就特别延长了：因为又有太阳，又有尘土！露天帐棚又沉重！……狒狒简直觉得没有勇气用脚走回城去，于是碰见一辆公车他便做个手式要上车去……

哈！可怜达哈士孔的狒狒！为他的声名，为他的荣光着想，若不走入这个破烂的公车而仍继续步行，拼着闷死在这天气下，在那露天帐棚下，在他双筒线枪下，可多么的好……

狒狒竟上去了，公车业已满坐。深处一个生着黑色长须的亚尔及尔教士把他的鼻子埋在《圣经》里。迎面一个抽着一支粗纸烟的年轻摩尔商人。其次，一个马尔特水手，四五个戴白线面网的摩尔女人，这几个女人只能看见眼睛。这般女人是在亚卜得尔喀德坟园去祈祷了回来的；但是这悲哀的行动好像并不令她们悲戚。只听见她们在面网下又说又笑一面还在咀嚼糖果。

狒狒相信觉得她们狠狠的在看他。尤其有一个，和他对面坐着的那个，把她的眼光直插在他的眼睛里，并且一路上再不收回去。纵然那女人是盖着面网的，但那由黑晕显得更黑的活泼大眼睛，以及一只戴着金钏时时从她面网间看见的纤细而玲珑的手腕，以及她那声音的音调，以及她头上那种几乎像小孩一样温柔的动作，都表明是其间定有一种年轻，美丽，可赏的东西的……不幸的狒狒不知道藏身在何处的好。这双东方妙目的无语的爱抚震动了他，感触了他，害得他要死；他又热又冷的……

结果他的，就是那女人的拖鞋也插进来了：在他那大猎靴上只觉得这可爱的拖鞋就如一只红色小老鼠一样在上面又跑又跳的……怎样做呢？回答这眼睛和这表情吗！不错，但结果……东方的爱情迷恋是一种可怕的事！……这正直的达哈士孔人带着他那南方人和小说上的意想似乎觉得业已落在那般太监的手上了，被人阉割了，然而或者比这桩事还好一点，便是把他们两个并头缝在一个皮口袋里，抛在海中的事。这思想竟把他冷了半截……等着，那小拖鞋还继续在动，迎面的眼睛向他大大的睁着就如两朵黑绒花似的，好像还在说：

"把我们采去！……"

公车停了。大家到了戏园空场上，在巴卜阿润街口。那般摩尔女人都纠缠在她们大裤子中把她们的面网更抄紧一点，带着一种野蛮的风韵，一个一个的下去了。狒狒邻坐的那一个最后站起来，并且极其逼近这英雄的面孔抬起她的脸来，以致那呼吸竟轻轻拂了他一下，一种真正的茉莉花香气，兰麝香气，糖果香气。

这位达哈士孔人不能再拒绝了。被爱情醉迷了，他便挺身向这摩尔女人后面走去……她听见皮靴声音，遂回过身来，把一根指头放在她面网上仿佛是说"许！"的一样，那一只手便疾速的把一条用茉莉花穿的香手串掷给他。达哈士孔的狒狒便俯身下去拾取；但是，因为我们这位英雄有点迟笨而又正驼着兵器，那举动便延了一点时候……当他站起来时，茉莉花串正在他胸前——那摩尔女人却没见了。


## 八　阿特纳士的狮子，睡了罢！


阿特纳士的狮子，睡了罢！静静的睡在你们那巢穴中，睡在那丛芦中，睡在那野仙人掌中间罢……几天之内，达哈士孔的狒狒还不得来屠杀你们。目前，所有他的战具——兵器匣，药品，露天帐棚，食物罐头——都太太平平的包裹着休息在欧罗巴旅馆第三十六号房间内。

赤褐色的大狮子，不必害怕的睡去罢！这位达哈士孔人正在寻找他的摩尔女人。从大公车的故事以来，这不幸的人在他脚上，在他那猎户的大脚上，永远的感觉得那红色小鼠的跳跃；而轻微的海风微触着他的嘴唇时——不管他如何做——总带着一种糖果与茴香的爱情芬芳气息。

应该要把他的摩尔女人交给他才行呀！

然而这并不是轻易的事！在十万人的一个城内去寻找，而又只认识那气息，那拖鞋，和眼睛的颜色；算来惟有一个为爱情所迷的达哈士孔人才能去试作这样的危难事。

可怕的就是在她们广大的白面具下所有的摩尔女人都很相似；而且这般女人很难得出来，既然人家打算见她们，便得往高城中去，往那亚喇伯城，特尔城中去。

这高城委实是一处危险地方。许多很窄小的黑暗小巷，从两行神秘的房屋间一直升到山峰，而屋檐交合着成了地洞。门是很矮的，窗子是很小的，很哑静，很愁人，又界有铁栏的。并且，左右一大堆极黑暗的小店，生着海贼头脑的狞恶特尔们——白眼睛同发光的牙齿——便在其间抽着长烟筒，低声交谈着仿佛在商量行刺的事情一样……

若说狒狒穿过这坚城而不动感情，这简直是说诳。其实他是非常感动的，并且在这些黑魆魆的小巷中，这勇敢的男子把他的便便大腹挺着，总是极小心的向前行去，眼睛四方侦探，指头按在一柄手枪的发火机上。完全同在达哈士孔往俱乐部去时一样。时时刻刻他都等着来招架那太监和土耳其御林军们向他后面的袭击，但是那决意看他女人的愿欲着实给了他一种胆量和一个巨人的气力。

八天之中，这骁勇的狒狒多没有离开那高城。有时看见他鹄候在摩尔浴室前，等到这般女人打着寒战带着浴香成群的出来时；有时又看见他蹲在回回教堂门前，在进门之前正流着汗呼着气脱他的大靴子……

……

有几次，到夜色下来时，他才垂头丧气的回来，一点什么都未曾发现，在回回教堂里也和浴室前一样，而回来之际，这位达哈士孔打从摩尔人房子前面走过，总听见那不变调门的唱歌，以及琵琶的呜咽声，单面手鼓的疾转声，妇女们巧笑声，这声音总使得他心跳。

他自言自语道："她或者就在这里！"

是时街上荒凉极了，他便捱近一家房子前，举起那矮小侧门上的铁锤，怯胆的敲去……立刻那歌声和笑声都停止了。在墙这面只听见那模模糊糊的耳语声，仿佛在一具沉睡的大鸟笼里一样。

英雄寻思道："留心呀！……就有一些东西临到我身上来

了！"

常常临到他身上来的东西便是从头倾下的一桶冷水，或一些橙子皮，仙人掌……从没有更重大的东西……

阿特纳士的狮子，睡去罢！

## 九　门的内哥的格勒哥利亲王

足足有两个礼拜骁勇的狒狒俱在寻找他那亚尔及尔女人，假若不是爱神借着门的内哥的大人先生来帮助他时，他真个还在寻找她哩。事便如此：

在冬天，每礼拜六的夜晚，亚尔及尔城的大戏院总要开一次假装跳舞会，更有一点乐歌。这是外省无味而绝无变化的假装跳舞。广厅中稀稀几个人，都是游戏场里剩下来的，有那专门同军士打闹的荡妇，不合时的漂亮者，落魄的捐客，以及五六个马阿洛的年轻洗衣女子，这几个女人虽是侧身走入繁华场中而犹带着正经时候一种隐约的蒜香和酱油香……真正令人注目的事并不在此。是在游廊中，这游廊已改变成一所赌场。……一群神经兴奋的杂色人们拥挤在那里，围着几张绿色长毡：有那借了钱请假出来的狙击兵，有高城中的摩尔商人，有黑人，有马尔特人，有把犁锄耕牛卖了走四十法里把银钱拿向纸牌上来冒险的腹地上的移民……都打着寒战，变着脸色，咬着牙齿，带起博徒们的奇怪眼光，心忙意乱的斜身站着，又因为常常定睛在一样的纸版上所以都变成斜眼睛的人了。

稍远一点，就是那一群一群亚尔及尔的犹太人，一家人都来此赌博。男的穿着丑怪的东方衣服，配着蓝色长袜，绒的遮阳帽。女的浮胀着面孔紧束在她们窄小的金胸裆内……都成群的聚在桌子四周，咿咿唔唔的彼此商量，又在指头上算着，赌的时候很少。只有时在长久斟酌之后，一个生着天父长须的家长便走了出来，拿着全家的西班牙钱币来冒险……于是自始至终那希伯来眼睛里都有一派火星绕桌流转，这就是黑吸铁石的可怕眼睛，把那金钱都弄得在桌上乱跳，而末了遂一一的吸了去就如用一根线牵去的一样……

其次就是口角，争斗，各地方的骂詈之语，各种语言中的疯狂呼声，拔鞘而出的刀，刀柄举了起来，银钱就告别了！……

那伟大的狒狒走来消遣愁夜的就在这骚乱的地方。

英雄正独自走入人群中，想着他的摩尔女人时，在群动之中有一张赌博桌，忽有两个狂怒的人声高高超出那钱的声音之上：

"我告诉你欠了我二十佛郎，歇①！"

"歇！……"

---

① 麦歇两个字音当生气时发得过于急促，便只听见末后的一音。　　——译者注

"向后呢？……歇！……"

"要知道你向谁在说话，歇！"

"我无须乎知道，歇！"

"我是门的内哥的格勒哥利亲王，歇！……"

对于这名字，狒狒好生感动，他便辟开人群，走来站在第一行，又快乐又骄矜的看着他的亲王，这位门的内哥亲王非常的有礼仪，就是在邮船上草草认识的……

不幸，这个使那善良的达哈士孔人最为心醉的殿下头衔在和他起冲突的这个骑兵军官脸上却生不出什么感情。

这军官调笑的说道："倒失敬了……"

跟着又转向众人：

"门的内哥的格勒哥利……谁认识这东西？……没有一个人！"

生气的狒狒便进前一步。

用着一种很坚决的声音，并用着达哈士孔人最美的音节说道："得罪……我认识这亲王！"

骑兵军官觌面把他瞅视了一会，其后便把肩头一耸：

"好罢！这就是了……把你的钱每人分与二十佛郎就不成问题了。"

说了这句话，他便转身屦入人群中间没见了。

怒气勃发的狒狒很想跟着他扑过去，但这亲王却拦住了他：

"算了……我已弄清我的事了。"

他并拿手臂挽着这位达哈士孔人赶快的将他拖到外面。

当他们一来到空场上，那位门的内哥的格勒哥利亲王便脱了帽子，向我们的英雄伸出手来，模模糊糊记得他的名字，用一种颤动的声音唤他：

"麦歇巴尔巴兰……"

这一个胆怯的说道："达尔达兰[①]！"

"达尔达兰，巴尔巴兰，都没有关系！……现在在我们中间，倒是生死朋友了！"

并且这位门的内哥贵人还用劲的摇着他的手……各位可以想见这位达哈士孔人骄不骄傲。

他糊糊涂涂的连连说道："亲王！……亲王！……"

一刻钟之后，这两位麦歇便坐在橌树餐馆中了，这是一所可爱的夜室，露台一直伸到海边，而且在以克列西亚名酒渍的俄罗斯生菜之前，大家的交情更加了一层联络。

各位一点也揣想不到再有比这门的内哥亲王还勾人的了。又清癯，又精细，蜷缩的头发是用小铁钳烫的，脸上用浮石磨过，又佩着奇怪的肩章，一双狡猾的眼睛，举动很温柔，带一种模糊不清的意大利口音，这样子使他带了种假马扎兰的神情（尾注四），因为他没有八字须；兼之又很懂拉丁语，

———————————

① 达尔达兰就是狒狒这个字的字音。　　——译者注

时时都在谈叙达西特，阿哈士（尾注五），以及那般注释家。

果是有根底的老种族，从十岁上因为他的自由意见的原故便被他的兄弟们把他放逐了，一自周游世界受了许多教训，便成了一位心平气和的亲王殿下……奇怪的遇合啊！这亲王也曾在达哈士孔住过三年，因为狒狒很惊怪从不曾在俱乐部或散步场上碰见过他，这殿下便用一种躲闪的声口说道："我很少出门……"这位达哈士孔人小心翼翼的不敢再问了。凡是这等伟大的生活中总有些极秘密的方面的！……

算来终是一位很善良的亲王，这位格勒哥利贵人。他一面用糖水调着那克列西亚玫瑰色酒，一面便耐心细听着狒狒讲他的摩尔女人，于是他便极力担任去寻觅这女人，因他全认识这般女人。

大家只渴着酒而且喝了许久。大家又碰杯"饮亚尔及尔城的女人的寿！饮自由门的内哥的寿！……"

外面，在露台之下，便是滚滚不息的海，而且那涛头在夜色中拍着岸就如人家振摇湿被单的声音一样。空气是烦热的，满天明星。

在檞林中一个夜鹰唱着……

付酒钱的是狒狒。

## 十 "把你父亲的名字告诉我,我便告诉你这花的名字。"

请告诉我门的内哥亲王们巧妙猎鹌鹑的事罢 [①]。

在檞树餐馆夜会的第二天,天色刚明,格勒哥利亲王便在达哈士孔人的房里了。

"赶快,赶快,把你衣服穿起……你的摩尔女人寻得了……她名字叫作巴衣哑……二十岁,出奇的美丽,而且已守了寡……"

这勇敢的狒狒快乐的说道:"寡妇么! ……好运气! "因为他很担心东方丈夫的。

"是的,不过却被她兄弟管束着。"

"哈! 碰了鬼了! ……"

"一个在阿尔赖阳市上卖烟斗的狞恶摩尔人……"

沉默了一会。

那亲王又道:"好罢! 你也不是因这点小事就生畏的男子; 而且到头来只须买几只烟斗或者就把这海贼安顿了……赶快,把衣服穿起……有幸运的荡子! "

这位达哈士孔人脸色也变了,感动得很,满怀都是爱情,便从他床上跳下来,急急扣起他宽大弗兰绒的汗裤:

---

① 法人猎鹌鹑之法,猎者先伏地作鹌鹑鸣声,俟鹌鹑信是同伴相呼而飞起时便射击之,此处假用为格勒哥利寻觅摩尔女人的意思,不是真正的猎鹌鹑。 ——译者注

"我应该怎样做呢？"

"简简单单的给这妇人写封信去，向她求一个会合！"

这天真的狒狒带着一种狼狈的样子说道："那吗，她懂得法国语了？……"因为他是梦想着纯粹的东方人哩。

那亲王冷静的答道："她并不知道一个字……但你给我口述一封信，我逐句的翻译就得了。"

"啊，亲王，多么的有仁心呀！"

于是这位达哈士孔人便静静的，凝精聚神的在房里大步徘徊起来。

各位可以想到人家之与亚尔及尔城的摩尔写信，是不能像写与波改尔的荡女的。幸运极了，我们这位英雄心里记了许多许多可以供用的文章，因便拼合起规士达夫·爱马尔所作的印第安长于文词的强盗，和纳马底伦《东方游记》，以及《圣歌之圣歌》上的一些记得的句子，组成了一封一览便知的东方式的信。这信开头是：

"仿佛在沙漠中的驼鸟……"

煞尾是：

"把你父亲的名字告诉我，我便把这花的名字告诉你……"

这位浪漫的狒狒还打算照着东方举动把这信夹在一束示意的花球中哩；但格勒哥利亲王却以为不如到她兄弟店里买

几只烟管的好，这事既可把那麦歇的野蛮脾气驯和一点，而又一定可以讨那妇人绝大的欢心，她是最爱抽烟的。

狒狒狂热极了，说道："我们赶快去买烟管罢！"

"不！……不！……让我一个人去罢。我定能买得最便宜的……"

"怎么！你愿意……啊，亲王……亲王……"

于是这勇敢的男子很惭愧的把他的钱袋递给那亲切的门的内哥人。一面嘱咐他不要省钱，总以使那妇人欢喜为宜。

不幸的事件——只管进行——总不能如人所希望他的那样走得快。那个摩尔女人显然由于狒狒的报效，其实就是事前四分之三的勾引，很触动了，倒安排招待他；不过她的兄弟很生疑，若要把这番疑心平伏下，还得买若干打，若干堆，若干多的烟管……

有时这可怜的狒狒也自己问道："这个鬼巴衣哑把这许多的烟管拿去干什么？"但他依旧毫不吝啬的付着钱。

其后，把烟管买成了山，把东方诗潮流遍了，竟得了一个会合。

我无庸告诉各位说这达哈士孔人是带着怎么样的心的跳动在那里预备，带着怎么样动情的小心来修理，来膏沐，来薰香他那遮阳帽猎人的刚须，却也不忘记——因为应该预防的——在他衣袋中放入一柄尖头铁锤，三两柄手枪。

那亲王依然很亲切的，于这第一次会合间竟来充当翻译的职务。那妇人住在城的顶高处，她门前一个十三岁到十四岁的年轻摩尔人抽着纸烟。这就是有名的亚里，就是那生问题的兄弟。一见这两位来客，他便在侧门上敲了两下，各自悄悄的走开了。

门开了。一个黑女人走出来，不说一句话便引着两位麦歇穿过那狭小的内院走入一间凉爽的小房间里，那妇人便倚卧在一张矮床上，在这里等候。……第一眼，她在达哈士孔人眼中似乎比公车上的摩尔女人小些；强壮些……到底这果是那个女人吗？但这疑思之在狒狒脑中只为闪电一样一闪便完了。

那妇人毕竟也极美丽，加之她那赤脚，她那戴着戒指，又是玫瑰色，又纤细，又肥圆的手指，并且在她金色呢上衣之下，在花团袍子之下也可以猜出一个稍稍有点肥苗，而最合度，而通体圆润的人来……嘴唇上抽着一根玛瑙长烟管，所以那棕黄的烟子便包裹了她。

这位达哈士孔人一进门便放一只手在胸前，极力模仿摩尔的样子鞠躬下去，一面转着他动情的大眼……巴衣哑不发一说的把他注视了一会；其后，丢开玛瑙烟管，便向后倒去，把手蒙着脸，大家遂只能看见她那雪白的颈项，被狂笑跳舞着就如一只满盛珠子的口袋一样。

## 十一　西底达尔屠里邦达尔屠里[①]

假若各位有不睡时，夜里走入高城中亚尔及尔人的咖啡店内，各位至今还听得见一般摩尔人挤着眼睛，带着微笑，在谈论一位西底达尔屠里邦达尔屠里，一位可爱而有钱的欧洲人——已经是几年前的事了——他曾在高街中同一个本地妇人名叫巴衣哑的同居过。

这位把那快乐的纪念剩在喀士巴宫周遭而成为问题的西底达尔屠里并非别人，大家都猜得着的，自是我们的狒狒了……

有什么办法呢？凡在圣人和英雄的生活中都一样有些昏聩的时光，不安的时光，堕落的时光的。有名的达哈士孔人也如别人一样未能免此，此所以——两个月了——狮子也忘怀了，荣光也忘怀了，他只沉酣着东方的爱情，就和汉尼拔之在喀补似的（尾注六），安息在白亚尔及尔城的温柔乡中了。

这位勇敢的男子在亚喇伯城心里佃了一所本地的小房子，有内院，有芭蕉，有清凉的回廊，和喷水池。他远着一切声

---

① 西底是亚喇伯语，意即法文之"麦歇"，邦字意即法文中之前置词 de "之"，达尔屠里即狒狒与达哈士孔两字的语音，此由摩尔人弄不清楚达哈士孔与达尔达兰数音遂胡乱呼为达尔屠里的麦歇达尔屠里。　　——译者注

音由他的摩尔妇人伴着生活在这里，他从头至脚也打扮成了一个摩尔人，终日都抽着他的长烟管，吃着他的麝香果酱。

斜卧在他对面软椅上的就是巴衣哑，琵琶拿在手上，由鼻孔中哼着同样的调子，或者为给她贵人开心，她便做起那腹舞来 ①，同时手上持着一面小镜，向镜里露出她的白牙齿，并做着娇态。

因为那妇人不知道一句法国话，狒狒也不知道一句亚喇伯话，有时那会谈便很愁人的，于是这多言的达哈士孔人便随时都在补过，补他以前把舌头太放肆了的过！就如他在药剂师伯雨改家或在兵器商哥士特·喀尔德家所犯的那些过。

不过这补过的事也不少的风趣，就因为是一种纵欲的寝处，他终日不发一言在那里享受的寝处，一面静聆着那烟管骨碌骨碌的响声，琵琶的幽韵，以及在那用碎石砌的花庭院内的喷水池的潺湲声。

长烟管，沐浴，爱情，充满了他的生活。人家很少出门。有时西底达尔屠里跨在他壮健的骡子上，他的妇人跨坐在他背后，走往他在左近地方购置的小花园中去吃石榴。但他绝对绝对的不下到欧洲式的城中来。因为这个亚尔及尔城带着他那饮食无度的非洲兵，他那拥满军官的凉水咖啡店，以及

---

① 腹舞是亚喇伯一种舞法，舞者两脚植立不移，只以小腹播动作诸般形势。
　　——译者注

他那拖在穹窿下的腰刀声音，对于他好像是最不可耐而丑陋得和西□①的卫队们一样。

总而言之，这位达哈士孔人是很有幸福的。尤其是狒狒桑芍，最爱吃那土耳其糖果的人，更宣称人家再不能有他新生活的欢愉了……狒狒纪芍特，他哩，想着达哈士孔和预许的兽皮时，随时都有些内愧……但这内愧却不经久，只须巴衣哑的一顾，或一匙极香而颤动得和西尔色饮料一样的果酱就足以逐去那忧思了。

晚间，那格勒哥利亲王又来谈一点自由的门的内哥……这可爱的贵人便用一种不倦的和气在这房子内充满了那当翻译的职务，甚至管理人的职务，所有这些不过为的取乐，并没有别的……除他之外，狒狒只招待一些特尔人。凡那般头脑狞恶的海盗们，以前在他们黑暗小店中多么使他生畏的，一自他认识了他们后便觉得都是无恶意的好商人，有绣工，有杂货商，有车烟管的，都是很有礼貌，很谦恭，很明慧，很谨慎，而作水罐戏时又很高明的人们。这般麦歇每礼拜总有四五次到西底达尔屠里家来过晚会，谋他的钱财，吃他的果酱，十点钟一打都致谢了异方长者悄悄的退了出去。

在他们走了之后，西底达尔屠里同他忠心的老婆便在

---

① 原版此处脱一字。　　——编者注

露台上来结束那晚会，这是一个临着全城同时又做屋顶的白色露台。四周，千多别人家的白色露台，静静的在月光之下，梯子似的直降到海边。许多琵琶的音韵都被海风传了来。

……忽的就如四散的星光一样，一片响亮的巨声缓缓的散在天上，而邻近回教寺塔上，一个传经的人便涌现出来，他那白色影子横画在夜半的碧空上，用着一种绝美的声音唱着《阿那之荣光》（尾注七），这声音充满了空际。

立刻巴衣哑就放下了琵琶，而她那转向传经人的大眼睛好像带着温柔去吸饮那祈祷似的。唱歌的时间里她始终停留在那里，打着寒噤，心神皆醉得和一位东方的歹海士女圣人一样（尾注八）……狒狒深为感动，看着她祈祷，心里便寻思这真是一种壮美的宗教，要是他才能引出这等诚虔的沉酣来的。

达哈士孔，把你的脸蒙着罢！你的狒狒想着要做叛教徒了。


## 十二　人家由达哈士孔给我们写来的


有一次美丽的下午，天色蔚蓝，凉风拂拂，西底达尔屠里独自跨坐在他的骡子背上由他那小院中走出……两腿被那斯巴达织的大坐褥分了开来，坐褥中盛满了佛手柑和水瓜，他敲着那大灯，全身都被那牲口摇动了，这位勇敢的男子便这样走入一片可赏的风景中，两手抄在他肚子上，被安乐和热气弄得睡着了四分之三。

进城之时，一片强大的呼声才忽然惊醒了他。

"赫！我的天！果真就是麦歇狒狒。"

于狒狒这个名字上，于南边人这个快乐的音调上，这位达哈士孔人便举起头来，在他跟前两步远处看见了儒亚夫船主巴尔巴苏那副晦色而正直的面孔，他正在一家小咖啡门前抽着烟斗喝那茴香薄荷的两合酒。

狒狒便止住他的骡子说道："赫！日安，巴尔巴苏。"

巴尔巴苏并不回答他，只拿起那大眼睛把他注视了一会；跟着，便笑了起来，笑得很利害，以致西底达尔屠里很迷离的，呆坐在他的水瓜上。

"好个土耳其头巾，我可怜的麦歇狒狒！……人家说你变了特尔，果是真的吗？……那个小巴衣哑，可是天天都唱着《体面的马尔哥》吗[①]？"

生气的狒狒道：《体面的马尔哥》么！……船主，你须知道你所说的那个人是一位正经的摩尔女郎，须知道她并不懂得一句法国话的。"

"巴衣哑，不懂得一句法国话？……你说的什么？……"

---

[①] 《体面的马尔哥》是法南最下流的一首曲子，多半是下流女子们唱的，马尔哥 Marco 是马尔格利特 Marguerite 的昵称。　　——译者注

这正直的船主便狂笑起来。

其后，看见那可怜西底达尔屠里变了脸色，他方改了口。

"其实，或者不是我说的那个人……恕我说错了……只是，你瞧，麦歇狒狒，你也得当心一点摩尔的女人们和门的内哥的亲王们！……"

狒狒便站在他的踏镫上，撇起唇角来。

"亲王是我的朋友，船主。"

"就是了！就是了！我们不必吵了……你竟不喝一杯两合酒吗？不。没有什么要向故乡说的吗？……也不……好啊！那吗，一路平安……还有，伙伴，我这里有些法国的好烟草，你可愿意带几烟斗去……拿去！拿去！这东西对于你定然有益……就是你那东方的御用烟草把你的思想蒙蔽着了。"

说到这句话上那船主便转身举起他的两合酒，而狒狒沉思着也鞭起骡子取路回他小房子来……虽是他那伟大的灵魂蔽锢着不相信那些话，然而巴尔巴苏的言谈究竟愁着了他，加之那本地的咒骂，故乡的音调都在他心上引动了一种模糊的懊恼。

到了家中，没有看见一个人。巴衣哑到浴室去了……那黑女人觉得很丑陋，房子觉得很凄凉，……忧郁难堪，他便走来坐在喷水池边，把巴尔巴苏的烟草装满了一烟斗。这烟草是包在一张《信号》报的残篇中的。展开时，他故乡的城名就跳入了他的眼睛。

人家由达哈士孔给我们写来的:

全城都在战栗之中。杀狮人狒狒曾往阿非利加去猎取那巨大的猫类,数月以来皆无消息……我们英勇的乡人究如何了？……当大家也如我们一样认识这个热烈的头脑,这个大胆人,这种冒险需要时,大家差不多都要问问他的……难道他也和别的人一样陷在沙碛中去了,或者落在他曾预许过市政厅皮子的阿特纳士之怪物的牙齿中去了吗？……可怕的不安！但是到波改尔市场来的黑商人们都说在广漠中遇见一个欧洲人,情形很是像他,这人正向董补克都而去……上帝为我们保佑我们的狒狒！

当他念着这报纸时,这位达哈士孔人惭愧极了,变了脸色,遍体寒战。全达哈士孔都涌现出来:俱乐部,遮阳帽猎人们,哥士特·喀尔德家的绿色大臂椅,以及勇敢的司令官不纳尾打的刚须飘拂在椅上就如一只展翅的老鹰一样。

于是,自家看见如目前似的懒懒然的蹲在席子上面的样子,而人家却以为他正在屠杀野兽哩,达哈士孔的狒狒好生羞愧并哭了起来。

这英雄忽然跳起:

"猎狮去！猎狮去！"

于是像突入尘土积满的暗陬中，其间正安睡着那露天帐棚，药品，罐头，武器匣，他便把他们拖到庭院中来。

狒狒桑芍刚绝了气，现在只剩着狒狒纪芍特了。

把他的东西检查了，把他的武器佩上了，把他奇装穿好了，把他的大靴子缚稳当了，又给亲王写了两句话把巴衣哑托付给他，又把那濡有泪痕的几张银票封在信筒内之后，于是骁勇的达哈士孔人便在不立打大道的公车中滚滚前进了，把他的黑女人剩在屋里惊呆在长烟管，土耳其头巾，拖鞋，所有西底达尔屠里在那回廊白而小的三叶花饰下至诚拖起的一些回教人的遗物之前。……

（第二段完）

**第二段尾注：**

尾注一　哈维尔 Pierre-Alfred Ravel 是当时法国有名的喜剧家，生于一八一四年，死于一八八一年。

纪尔伯莱士是 Jules Charles Pérès Jolin 的假名 Gil Pérès，也是当时的喜剧名家，以演《茶花女》著名。

尾注二　密舍尔色尔旺特士·撒维达 Miguel Cervantes Saavedra 是西班牙著名的文人，生于一五四七年，死于一六一六年。其家虽甚穷，但他的父母仍能勉力使他把学业终了，他有文学的天才，于一五六九年便刊布诗集一册；其后忽弃去文学投身入海军，曾参与过一次光荣的战争，因受伤为庸医所误，他的左手便失了运用的能力。于一五七五年返国，途中为海盗掠去，安置于亚尔及尔海边，虐遇之后，以六百西班牙币赎出。前后被掳共五年，返国后曾做过各种职业，到底还是觉得文学相宜些。他最有名的小说便是转译各国的《纪苟特贵人》，这书的上卷是一六〇四年出版，数年中就卖至三万本，又经十年方出版下卷，但除此书外其他的作品也都有名。

**尾注三**　荷马所造的大诗 Odyssée 中说 Odyssée 屡逢大难都被上帝救出，作者引用此典，便是说遇救的意思。

**尾注四**　马扎兰 Mazarin 是鲁意十三朝的红衣首相，凡读过西洋史的必知他的历史，这里便不多加注释。马扎兰生于意大利，法国话说得不很好，作者引用的意思便是表明门的内哥亲王说话中略带意大利口音，又因为马扎兰有八字须而亲王没有，所以说是假的。

**尾注五**　达西特 Tacite 是拉丁史家，生于五五年，死于一二〇年。

阿哈士 Horace 是拉丁诗人，生于纪元前六五年，死于纪元前八年。

尾注六　汉尼拔 Annibal 是非洲北部古国加尔达尼 Carthage 的大将，生于纪元前二四七年，死于一八三年，曾领着远征兵从西班牙越比赫勒斯大山，穿过南法高庐，又越阿尔伯斯大山袭击罗马，在欧洲古代史中最为出色的一个伟人，凡略读西洋史的都知道他的历史，此处可以不必多说。喀补 Capoue 是当时罗马的一个大城，汉尼拔于纪元前二一八年入罗马，战于屠莱伯 la Trébie，第二年战于屠拉西麦伦 Trasimène，第三年战于加伦 Cannes，连战皆捷，是年经营于喀补，遂在此过冬，留而不归。作者引用此典的意思，只是说狒狒安居不动了。

尾注七　《阿那之荣光》La gloire d'Allah 是亚喇伯回教颂神曲，阿那即亚喇伯语呼天的声音，而天神亦称为阿那。

尾注八　歹海士 Thérèse 是西班牙女人，生于一五一五年，死于一五八二年。她出于大家，有当时骑士的性质，有热烈的信仰，有绝高的聪明，少年因为读小说遂醉心于名誉的光荣，后来转而信了喀尔麦儿 Carmel 派的宗教；但她却不以这派的宗旨为然，曾努力二十年加以改正，将原有的教规重新从极严刻的订过。于是教会便上以尊号，称为"最纯洁之圣女"La Vierge séraphique，而教皇也特赐以"博士"称谓，后人遂尊为女圣人。

第三段

# 在狮乡时

## 一　充军的公车等

　　这是以前的一辆老公车，障着老式样的完全变了色的厚蓝呢帷以及那粗绒线做的圆球，这东西在几点钟后便把你们的背炙得同艾炷一般……达哈士孔的狒狒在车棚深处占了一个位子；他极舒服的安置在那里，等着去呼吸阿非利加巨大猫类的腥气，这英雄当然是很得意这公车的一种老气味，其间奇怪的混合有千百种气味，男子的，马的，妇女的，皮子的，食粮的，腐草的种种。

　　在车棚深处什么都有一点。一个苦行教士，几个犹太商人，两个往军营——第三队轻骑兵——去的娼妓，一个阿尔勒阳城的照像师……这同伴的人虽如此有趣如此不同，但这位达哈士孔人却并无意思去交谈，依然沉思着，手臂挽在车壁上悬的平安革带中，猎枪放在两膝之间……凡他急遽的起程，巴衣哑的黑眼睛，他就要去动手的可怕的猎事，凡此种种都在脑筋中扰乱着他，还不计算这辆在纯粹阿非利加中所曾见的欧洲公车拿起他那老家长的样子把他青年时的达哈士孔，以及在近郊的驰骋，以及在沕沦河边的小餐，种种旧影都模模糊糊给他勾引起了……

夜色渐渐的下来了。车夫把车灯点上……朽腐的公车在他那老弹簧上叫着跳走；几匹马缓缓跑着，项铃丁丁当当的响着……时时刻刻，在车篷之下，发出一片可怕的铁器声音……这就是那战争的兵器。

达哈士孔的狒狒四分之三的假寐着，很可笑的被那车子的颠顿摇着，对着就如一些滑稽影子在他跟前跳舞的旅客们瞅了好一会，其后他的眼睛便黑暗了，他的思想便朦胧了，于是他就只听见那轮轴极不清楚的呻吟以及车腹的哀怨声。

猛的，一片声音，一片老仙女又嗄，又嘶，又细弱的声音唤着这达哈士孔人的名字：

"麦歇狒狒！麦歇狒狒！"

"谁在唤我？"

"麦歇狒狒，是我；你不认识我了吗？……我是老公车，——二十年来——便在达哈士孔与里门之间服务过的……我把你和你的朋友载过多少次，当你们往茸纪野尔山坡或伯尔喀尔山坡去猎遮阳帽时！……起初我还不认识你，由于你那特尔人的帽子和你所穿的这一身装束；但不久你打起鼾声，我的天！登时我就认识你了。"

这位达哈士孔人稍稍有点生气道："好啊！好啊！"

其后，自己和平了：

"到底，我可怜的老东西，你到这里来干些什么？"

"哈！我的好麦歇狒狒，我可以给你肯定说，并不是我自由到这里来的……当波改尔的铁路一完成，他们就以为我没甚用处，便把我遣到阿非利加来……而且还不只我一个哩！差不多所有法兰西的公车都同我一样的充了军了。人家觉得我们是很守旧的，目前我们便都在这里过着一种困苦的生活……这就是你们在法国唤为亚尔及尔的铁路了。"

说到这里那老公车便长长叹了一声；跟着他又说了起来：

"哈！麦歇狒狒，我多么追忆我的好达哈士孔呀！对于我那就是最佳的时光，那就是青春的时光！应该看见我早晨动身时，是用许多的水洗得干干净净，而我新油漆的轮子也是雪亮的，还有我的车灯就像两个太阳一样，我的车篷也常常涂着油的！不错，这可多么的体面，当那御者呼呼的向空中挥着他鞭子之际：呵呵呵，怪物！怪物！La gadigadaou, la Tarasque！ la Tarasque①！并且那御者，腰间斜佩着铜号，头

①　这三个字在这里并没有意义，只是一种惊惜的口气，第一字是形容一种怪兽的声音，第二三两字便是第一段注一中所说的水陆两栖的怪物。　　——译者注

上戴着刺绣的遮阳帽，把他那常常狂怒的小狗一举手丢在车篷上，他自己也向前冲去，一面叫着：'点灯！点灯！'于是四匹马都一齐摆动项铃，应和着犬吠声，喇叭声，各家的窗子都大开来，全达哈士孔俱矜然的瞅着公车向那平坦大道上飞奔而去。

"麦歇狒狒，那是何等美好的大路，又宽大，又时时修理，又有指示路程的石碑，一段一段又有整齐的石子堆，左右又有美丽的青果树原和葡萄原……而且，每十步俱有一所小酒店，每五分钟俱有一个尖站，……而且我的旅客们，何等正经的人们呀！有到里门去看他们省长的市长，有到里门去看他们大主教的教士，有从马惹回来的正经的织工①，有在假期中的中学生们，有穿着绣套衫早晨才新修了面的乡下人，至于车顶上便是你们全体，猎遮阳帽的麦歇们，你们常常都是温和的性情，你们又各自唱着各家的歌，晚间在星光之下回去时！……

"现在，是另外一件事了……上帝才晓得我所载的那般人！不知从何而来的一堆不信宗教的，把我身上填满的尽是一些寄食者，黑人，赤贫的人，老兵，各地的冒险家，穿着褴褛的移民，都把他们的烟斗将我薰臭了，而且这般人还说着一种为天父所不懂的语言……你又看见人家是怎样待遇我

---

① 马惹就是乡间的小木板屋，在第二段中已注明白了。 ——译者注

的！从不曾刷过，从不曾洗过。人家只抱怨我那车轴上的油污……代替了我从前那几头安静的骏马是一些极劣的亚喇伯小马，他们互相打着架，互相咬着，驰走时一跳一跳的就和鹿子一样，把我的车辕也几乎踢断了……唉！……唉！……只看这还是才起程哩……还有道路！这里所走的还是可以走得的路，因为我们尚在省政府管治之下；一到那边，什么都没有了，没有一点道路。大家随意走去，有时在棕榈树间，有时在乳香树间，穿过山岭和平原……也没有一所固定的站口。大家都随御者的意思要止就止，有时在这一个农家，有时在那一个农家。

"好几次这个东西还使我绕行两法里之远到他一个朋友家去喝烧酒或蛋茶……喝酒之后，鞭子，御者！自然要把损失的时间恢复转来的。太阳炙着，尘土烧着。常常都在鞭策！人家挂着了，人家倾侧了！鞭得更利害！人家又游泳着渡过河去，人家伤了风，人家濡湿了，人家沉了……鞭！鞭！鞭！……夜晚来了，什么东西都淋淋漓漓的——在我这年龄上又伤了风出点汗倒还好——我应该睡在一所四不被风的行馆院子的露天下。夜色，草狼，野猫，都走来嗅我的贮物匣，而一般小偷儿害怕霜露便在我车箱内来取暖……我可怜的麦歇狒狒，这就是我所过的生活，我将一直要过到这一天被太阳烧杀，被湿夜霉烂，——不能做别的——跌倒在一片坏路的旁边，于是亚喇伯人拿起我的残骸来热他们的特别饮食而后已……"

御者将车门打开叫道:"不立打! 不立打! "

## 二　大家在这里看见走过一位瘦小的麦歇

达哈士孔的狒狒从那被水蒸气蒙着的玻璃窗上模模糊糊瞥见一片美丽的县署前的空场,是一片整齐的空场,四围穹窿,种着橙树,在空场中央一般熟练的兵士正在清晨玫瑰色的明雾中下操。咖啡店都开了窗板。那一方便是菜市……这很有趣,但还不像是有狮子的地方。

良善的狒狒便缩到他位子上咕噜道:"往南边去! ……更往南边去! "

就这时候,车门打开了。勃勃的大气钻了进来,从橙花香中便在它风神之翼上,载入一位穿榛色外帔的瘦小麦歇,又老,又枯,又皱,又严峻,一副面目不过有拳头大,一条黑丝领带有五指高,一个皮夹子,一柄雨伞:这是一位完全的村律师。

那位小麦歇正坐在这达哈士孔人的当面,一望见他那些武器,很觉惊诧,他便拿起一种拘束的顽固样子把狒狒瞅着。

人家解了驾车的马,又换了新马,公车便启行了……那小麦歇依然瞅着狒狒……末后这位达哈士孔人便生了气。

他也把那小麦歇迎面瞅着道："这令你吃惊吗？"

那一个安安静静的答道："不呀！这只把我拘束了一点。"

这实在是因为带起他的露天帐棚，他的手枪，他那两只在鞘子内的猎枪，他的猎刀——还不必说他那天然的肥躯——所以达哈士孔的狒狒便占了很多的地位。……

那小麦歇的回答竟惹怒了他。

这伟人矜然的说道："你以为我是带着你的雨伞去猎狮子么？"

那小麦歇把他的雨伞看一看，微微一笑；继而仍带着他那安静样子：

"那吗，麦歇，你是？……"

"达哈士孔的狒狒，杀狮人！"

说着这几个字时，骁勇的达哈士孔人更摇起他那舍西亚的穗子就如鬃毛一样。公车上便生了一种惊骇的动作。

苦行教士也注了意，两个娼妓都发出那恐怕的微呼，阿尔勒阳城的照像师便挨近这杀狮人的身边，业已把那给他照像的光荣梦想起来。

那小麦歇却毫不失度。

他安闲的问道："麦歇狒狒，你业已杀过许多狮子了吗？"

这位达哈士孔人慨然受着这句话："麦歇，我可不是杀了许多狮子！……我希望你脑袋上的头发也有那么多。"

全公车都哄笑起来，因为看见那小麦歇的脑顶上只翘了三根鲁色少弟的黄发。（尾注一）

又轮到那阿尔勒阳城的照像师说了起来：

"麦歇狒狒，你那职务真是个可怕的啊！……人家有时还要过着那恶劣的时间……那位麦歇绷波乃儿也一样……"

狒狒很瞧不起的说道："哈！是的，那个杀豹人……"

那小麦歇问道："你认识他吗？"

"哈！何消说……我可不认识他……我们同猎了二十多次。"

那小麦歇笑了笑：

"麦歇狒狒，那吗你也猎豹子吗？"

这位达哈士孔人忿怒道："有时，只为消遣……"

他又用着一种把那两个娼妓的心俱引动了的英雄姿式举起头来，加上一句话：

"这却够不上比狮子！"

那个阿尔勒阳城的照像师插口道："一句话说完，豹子只是一头大猫就是了……"

狒狒道："正是呀！"他毫不生气的把绷波乃儿的光荣抑下了一点，尤其是在妇人们的跟前。

说到这句话，公车便停了，御者打开车门向那小老头子说了一句。

他说话时的模样是很尊敬的："麦歇，你到了。"

那小麦歇站起来，下了车，在关闭车门之前：

"麦歇狒狒，你可愿意许我给你一个忠告么？"

"什么忠告，麦歇？"

"我说老实话！请听我说，你很有一个正经人的样子，我最喜欢给你说那可说的话……麦歇狒狒请赶快回达哈士孔去罢……你在这里空费了你的时间了……在这省中确还剩有一些豹子；但是，不多心呀！对于你又是一种太小的猎物……至于狮子，却没有了。亚尔及尔已没有狮子……我的朋友沙散把最后的也刚杀完了。"

说完这番话那小麦歇施了一礼，把车门关上，便带着他的皮夹和雨伞含笑而去。

狒狒撇着唇角问道："车夫，这是一个什么样的乡下人？"

"怎么！你不认识他吗？然而这正是麦歇绷波乃儿。"


三　狮子修道院


到了密里哑纳，达哈士孔的狒狒便下来了，让那公车向南边走去。

经过了两天的颠顿，又经过了两夜都是睁着眼睛守在车门边看野地里大道边究竟有没有狮子的凶猛影儿，许多时不眠自应当需要几小时的休息。而且还应该说，一自受了绷波乃儿的调侃，这快乐的达哈士孔人便很不舒服，只管有他的武器，有他那可怕的撇嘴样子，有他那红头巾，在那阿尔勒阳城的照像师和两个骑兵第三队的姑娘跟前。

他于是便穿过了种满佳树和泉水的密里哑纳的宽街；但他一面寻觅合宜的旅馆时，这可怜的男子总不禁要想到绷波乃儿的言语……这可是真的吗？亚尔及尔果没有狮子了吗？……那吗何苦如此奔波，如此劳苦呢？……

走到一条街角上，我们的英雄忽的就迎面看见了……什么？请猜一猜……原来一头壮美的狮子，它正在一家咖啡店前等着，正大光明的蹲坐在它后脚上，那棕黄鬣毛晒在太阳里。

这达哈士孔人往后一跳，叫道："怎么他们给我说没有狮子呢？"

那狮子一听见这声音，便低下头去，把放在它跟前地上的一个木碗含在口中，很卑怯的向那惊呆了的狒狒这方伸过来……一个过路的亚喇伯人便丢了一个大钱在木碗中；狮子摇着尾巴……于是狒狒明白了，起初因为感情禁住他，还不曾看见，现在他才看清楚那瞎眼而驯扰的可怜狮子，旁边还聚了许多人，还有两个执大棒的高大黑人，就是他两个引着这狮子遍游各城就如撒阿瓦人顽弄的龈鼠一样。

这达哈士孔人的血便沸腾了：

他拿起一片雷一样的声音叫道："可恶！这样来糟蹋这尊

贵的兽么！"

于是他便向狮子冲去，将那脏木碗从他广腮间夺出来……那两个黑人以为来了一个贼，遂举着木棒向这达哈士孔人奔来……这是一场可怕的纷扰……黑人又在打，妇人们又在议论，孩子们又在呼号。一个老犹太鞋匠在他店里叫道："到治安判事处去！到治安判事处去！"那狮子看不见，也强勉吼了一声，而这不幸的狒狒于一场狼狈的争斗后便滚在地上的大钱和尘埃之间。

就这时候，一个男子辟开了人群，一句话把黑人引开了，一个手势把孩子们也挥散了，扶起狒狒，把衣服给他拍干净，摇着他肩头，把他气喘吁吁的扶坐在一条界石上。

良善的狒狒捶着他腰腿道："怎么！亲王，是你吗？……"

"哈！不错，我勇敢的朋友，正是我……我一自接到你的信，便把巴衣哑托给她兄弟，就租了一辆轻车，飞驰了五十法里，恰好正把你从这困苦中解救出来……我的天！你干了些什么怎会把你牵扯到这场祸事中？"

"有什办法呢，亲王？……看见这不幸的狮子把木碗含在牙齿间，又卑怯，又被压制，又被愚弄的来供这般穷回教人的顽笑……"

"然而你错了，我高贵的朋友，其实这狮子在他们看来却是一件尊贵的，可赏的物品。这是一头圣兽，因为他是狮子大修道院的一员，这修道院是由乌达的马阿麦建设的，有三年了，算是一种重大的，装满山野气味和怒吼的慈善会，其间奇怪的修道士们驯养了百多头狮子，并把这些狮子由化缘的教士们引着遍游非洲北部……教士们化的钱便用来维持那修道院和回教寺……其所以适才那两个黑人怎的发脾气，就因为他们有一种信仰，以为一个钱，只须化来的一个钱因他们的错误被偷了或失去了，这狮子就要立刻吃掉他们的……"

听着这不像是真的而又是实在的话时，达哈士孔的狒狒便高兴了，粗鲁的嗅着空气。

他下着断语道："照这样说来，便不必为那个绷波乃儿所欺，亚尔及尔还是有狮子的！……"

那亲王很快活的说道："自然有的！……从明天起，我们就到舍里服荒原中去行猎，那你便看得见了！……"

"怎么样！亲王……你也有意思打猎吗？"

"唉！你以为我便让你独自一人又不懂语言，又不懂风俗，走往非洲中部和那蛮野的人群中间去么……不！不！有名的狒狒，我不离开你的……随便你走往什么地方去，我都愿去的。"

"啊！亲王，亲王……"

于是狒狒光辉满面的把那猛勇的格勒哥利亲王抱在怀中，一面骄矜的寻思着那玉勒惹哈尔的前例，绷波乃儿的前例，以及所有那般顶著名的杀狮人的前例，只有他才得了一位外国亲王在猎场中来陪伴他。

## 四　行旅

次日，到天明时，那骁勇的狒狒和同样骁勇的格勒哥利亲王便带着六个黑人挑夫出了密里哑纳，从一条香气扑鼻被茉莉，都哑树，红豆树，野青果蓊翳着，在两片本地小花园的刺墙和那从岩石上唱着转流下来的快乐而鲜活的泉水中间的峻坂上，向舍里服平原趋走下来……一片里班的风景。（尾注二）

那位格勒哥利亲王也和伟大的狒狒一样全身兵器，并且更戴了一顶奇怪而壮美的军盔，上面盘着金绦和一块绣银丝的橡叶帽饰，这军盔遂令他殿下带了一种墨西哥的将军的假样子和大吕伯河边巡河首领的假样子。（尾注三）

这顶奇怪的军盔很迷惑了这位达哈士孔人；因为他怯生生的在请教那原故。

那亲王遂严重的答道：“这是在非洲旅行中少不了的帽子。”

他一面用衣袖的里子把那帽搭擦得透亮，一面就把这种军盔在我们和亚喇伯人的关系中所充任的职务指示给他那不知世故的伴侣，因为只有这军用的招牌才可以吸取亚喇伯人的特别利益，所以文官衙署里都迫不得已的叫他的人们都戴上军盔，从修道夫起一直到税官止。一句话说完，管理亚尔及尔——这依旧是亲王说的——并无须强健头脑，也无须平常头脑。一顶军盔就够了，一顶体面军盔，雪亮的擎在大棒尖上就如惹士赖的方冠一样就够了。（尾注四）

一队行旅便这样说说笑笑的走去。挑夫们——都是赤脚——也带着猿猴的啼声从这个岩石跳到那个岩石。武器匣响着。过路的本地人都向着这奇怪的军盔一躬至地。……亚喇伯办公室的首领正同他的太太密里哑纳在岩壁顶上凉荫下散步，猛听见这片闹声，又看见树枝中放光的兵器，以为强盗来了，便放下吊桥，打起传令鼓，慌慌张张的把这城池置于被围的状态下。

对于这行旅真是壮色极了！

不幸在日暮事情就坏了。那几个运行李的黑人，一个因为把肉膏偷吃了害了利害的腹疾。又一个因为偷喝了植物烧酒醉死了跌倒在路边。第三个是背那旅行日记的，被那镀金的装璜引动了，相信偷得了麦加的宝藏，便飞步逃往扎喀尔中而去……当然要告官的……这行旅便停止了，在一带老无花果树的树洞中来开会议。

"我的意思，"那亲王一面强勉在一个三叠的炒锅内去镕化那肉膏，但是不成功，一面这样说道："我的意思是到今晚我们便把这几个黑人开销了……恰好捱近此处正有一个亚喇伯市。我们最好便止宿在那里，并买几头补里哥……"

这伟大的狒狒因为想起黑儿不禁红了脸道："不呀！……不呀！……不要补里哥！……"

这个作伪的他更说：

"何故你打算用那极小的畜生来载我们这些东西？"

亲王笑了笑。

"我有名的朋友，你弄错了。亚尔及尔的补里哥虽是看起来怎的瘦怎的弱，但他的腰膂却很结实……他能够驮的都应该叫他去驮……你只去问亚喇伯人就知道了。你看他们怎样的讲解我们殖民地的组织……他们说，在上面有一位官长先生，拿着一根大杖，向随员敲打；随员要报仇，便向兵士敲打；兵士又用一根大杖打亚喇伯人，亚喇伯人打黑人，黑人打犹太人，轮到犹太人便打补里哥；于是可怜的小补里哥没有人被他打，只好张着背脊来驮东西。你清楚了，他是能够驮你的箱匣的了。"

达哈士孔的狒狒又道："还不是一样的，就我们行旅看来，我觉得驴子总不见好……我愿意那种更东方一点的东西……比如说，假如我们能得一头骆驼……"

那殿下道："必能如你的愿。"

于是大家便上路往亚喇伯市来。

这市场有几千码远，在舍里服河边……那里有五六千穿着褴褛的亚喇伯人，都群聚在太阳中，而且极粗鲁的在那黑青果瓶，蜜罐，粮食口袋，和成堆的雪茄烟中交易；大火中烧烤着全羊，黄油流了一地；肉店设在露天下，赤条条的几个黑人，几双脚都站在血里，手臂都是红的，拿着小刀剥那悬在木叉上的山羊。

一角上，在一具千补万缀的帐棚下，一个摩尔书记，带着一本大簿子和一对大眼镜。这一面，一大群人，无算的狂呼声音：原来是设在量麦器上的一个转盘赌具，喀比尔人绕坐在周围……那一面，又在雀跃，又在娱乐，又在狂笑：原来是一个犹太商同他的骡子，大家看着他沉没在舍里服河中……其次就是蝎子，狗，老鸦；还有苍蝇！……苍蝇！……

然而，独没有骆驼。末后大家才发见了一头，是几个麦惹比特人正在寻人售卖的。这真是一头走沙漠的骆驼，可以做标本的骆驼，又秃而无毛，样子又很愁惨，以及他那过游牧生活的长头，和高峰，这峰因为在长期绝食之后已变软了凄然的垂在背上。

狒狒觉得他很体面，他便愿意把全行旅都安置上去……依然是那东方式的狂念！这畜生蹲了下来。大家把箱子载上去。

亲王位置在兽颈上。狒狒因为要威风点，便一直攀上驼峰耸立在两个箱子之间；并且在那里还骄矜而安乐的，又以一种尊贵的姿式向那全市奔来的人们施了一个敬礼，他发了个启行的命令……好威风！要是达哈士孔的人能够看见他时！……

骆驼站了起来，展开他那毛球的大腿，遂飞驰而去……

啊，惊极了！几步之后，各位请看狒狒就变了脸色，再看那英雄的舍西亚又把他在儒亚夫船上时的老样子施展起来。这个鬼骆驼颠播得同三桅帆船一样。

"亲王，亲王，"狒狒脸色全白，挂在那粗糙的驼峰上，悄悄叫道："亲王，我们下去好了……我觉得……我觉得……我会有伤法兰西的体面的……"

滚开罢！骆驼既奔走起来便没有什么止得住他的。四千亚喇伯人都打着赤脚，挥着手，从后面跑来，笑得同疯子一样，把六十万白牙齿一齐露在太阳里放光……

达哈士孔的伟人只好忍耐着。焦然的伏在驼峰上。舍西亚随意的摇动着……法兰西的体面是丢尽了。


## 五　晚间在夹竹桃林中的埋伏


他们的新坐骑何等的如画，但我们的杀狮人却得舍了它，因为要顾全舍西亚的原故。于是大家又和以前一样步行起来，这一行人便安安静静按站向南方走去，达哈士孔人在前头，门的内哥人在后头，骆驼同兵器箱在中间。

这行程直经有一个月。

在这一个月中，这位可怕的狒狒俱在寻找那得不到的狮子，于这舍里服的广大平原内一个村庄一个村庄的走去，走穿了这片希奇古怪的法兰西的亚尔及尔，这中间的老东方气味里是混有一种两合酒及兵营的烈香的，换句话说就是混合的亚伯拉罕与轻骑兵，就是又有仙乡的事又有世俗可笑的事，好像一页为哈麦排官与比土少尉所讲的旧约书一样（尾注五）……只要眼睛知道去看简直是一片奇景……为我们开化了的一种野蛮而腐败的民族同时把我们的恶德也给与了他们……蛮横无拘束的任情纵性的殖民官长们，都威严的佩着他们的勋章，或是为一声是，或是为一声否，便把人们的脚蹠笞打起来。戴大眼镜没有天良的回教裁判官们，也就是法律与《可兰经》的作伪者，都只梦想着八月十五的佳节和棕树下的加官进爵的事在，并且出卖他们的词讼，就如爱沙雨一样为一盘鲟鱼或一盘糖蒸杂脍便把他的长子权卖了。（尾注六）还有放荡饮酒的土官们，任何一位某某将军的侍从们，大家都带着马阿洛洗衣女子烂醉香槟酒，吩咐人做烧羊的美肴，而他们的帐棚前，便是那般肚子饿凹的穷人同小狗争夺贵人们吃剩的残馔。

而且，周围一带，是荒芜的平原，是烧残的野草，是秃头的荆棘，是仙人掌和乳香树的丛密地，这就是法兰西的食廪了！……空无一粒的食廪，阿那！只富有草狼和臭虫。村庄是荒废了的，穷人们是惊惧极了的，都无定向的走了，一面逃饿，一面就沿途剩下些死尸。远远的一所法兰西乡村，以及那颓圮的房屋，未耕种的田野，疯狂的蝗虫，这东西一直吃到窗子上的帘幕，而移民等却都在咖啡店中，忙着喝两合酒，一面商议改造和建筑的计画。

假如狒狒肯费一点辛苦，这便是他可得而知的；但是，这位达哈士孔的男子全神都注在狮子上，他只笔直的向前走去，并不向左右看一眼，固执不移的眼光只定定的注在那从未出现过的想象中的怪物身上。

因为那帐棚牢不可开，而肉膏也牢不可镕化，这一行人只好早晚都歇脚在土人家。亏得格勒哥利亲王的那顶军盔，我们的猎人方才到处受欢迎。他们或是住在大官家里，住在那奇怪的宫殿中，或是住在没有窗子的白色大农庄里，其间可以乌七八糟的寻得见一些长烟管，一些桃心木的衣柜，一些斯米尔伦的毡氈，一些调节光线的灯，一些盛满土耳其钱的保险箱，以及一些饰有人物的悬钟，这是鲁意·菲立卜朝代的式样 ①……到处，大家都为狒狒举行盛典，举行大操，举行衣饰赛会……由于他，各处的全部落都驰马放枪并将他们的美丽外套露在太阳地里。及至枪放毕了，那大官遂把火药帐交与他……这就是大家所谓为亚喇伯的欢迎会。

不过依然没有狮子。比新桥地方还没有 ②！

① 在鲁意·菲立卜朝下，法国始将非洲征服，故此时代的东西遂流播于非洲。
　　——译者注
② 新桥是巴黎繁盛之区。　　　——译者注

114

然而这位达哈士孔人却不丧气。毅然深入南方，他的日子总是费来攻打那草木繁密之地，或拿他的枪尖在极矮的棕树中去拨一拨，或向着荆棘丛"哗哗！"发几弹。其次，每晚安寝之前，必要埋伏两三点钟……枉自费工夫！狮子再也不出来。

　　但是有一晚，六点钟时，因为一行人打从一带紫褐色的乳香树林经过，许多被热气闷着的鹧鸪都在草里东西跳跃，达哈士孔的狒狒相信听见了——不过极远，不过极模糊，不过被微风吹得断断续续的——那种极佳的怒吼，是他在达哈士孔时，于密罗伦木板屋外听过了若干次的。

　　起初，英雄还以为在做梦……但是一会之后，那吼声又动了手，虽是比较分明，但依然是很远的；而且这一次，在天际线的各方又听见村庄里的犬吠声——于是罐头，兵器箱，都回震起来，骆驼的肉峰也不住打战。

　　不必再疑。这是狮子了。……赶快，赶快，埋伏下！一分钟也不要失。

　　恰好近处就有一个马哈补（圣人的坟墓）又有白色圆顶亭，门上的壁洼中还放了一些死人的黄色大拖鞋，以及一大堆奇怪的酬神东西，如锦衣片，金线，黄红色的头发等，都悬在墙上……达哈士孔的狒狒便把他的亲王和骆驼安顿在其间，他自己就去埋伏。格勒哥利亲王打算随着他去，但狒狒却拒绝了。不过仍嘱咐他殿下不要走远了，又因为做事谨慎，复把他的钱夹子托付与他，一个满装着贵重纸张和银行支票的大皮夹，因他害怕被狮爪给他粉碎了。诸事齐备，英雄便去寻找他的地方。

在马哈补之前百步远处，一片小小的夹竹桃林于黄昏的淡霭中，于一条差不多干涸的小河岸边摇舞着。狒狒所埋伏的地方就在此，依着规矩把膝头跪在地上，猎枪握在手中，大猎刀骄然的插在他跟前河岸沙中。

夜色来了。天然的玫瑰色变做了紫褐色，继而更变成深蓝色……下面，在小河石子中间，一片小小的清水放着光如一面手镜似的。这真是野兽吸饮之处。在那一边河岸上，可以模模糊糊的看见一条在乳香树林中印有野兽足迹的白色小径。这条神秘的河岸直令人寒战不止。然而还请把那种非洲的夜涛，扶疏的树枝，徘徊四周的兽蹄，草狼的嘶鸣一齐联合在这景象上，上面哩，约有一二百码高的天中便是那带着被人扼住咽喉的儿啼声的鹤群纷纷飞过；各位须得承认这真有些感人。

狒狒就感动。而且还感动得好生利害。这勇士的牙齿只是磕磕的响！他那线枪的枪尖放那插于地中的猎刀柄上也响得同莲花落的木板一样……有甚方法哩！凡人总有些不甘做事的夜晚，而且假设英雄们从不害怕，光荣也就在其间了。

唉！不错，狒狒害怕了，而且随时都是害怕的。然而他尚坚持了一点钟，两点钟，不过他的英雄气概却是有限的……

这达哈士孔人忽然听见在他旁边，那半干的河床中，一阵兽蹄声，而石子都滚转起来。这一次那恐怖之心便将他从地上激起了。无目的的向夜色里放了两枪，遂飞步跑回马哈补，让他的猎刀站在沙中就如那纪念十字架一样，并且还极其可怕竟把降伏七头蛇的人的灵魂也骇住了。

"帮助我，亲王……狮子！……"

没有人声。

"亲王，亲王，你在何处？"

亲王并不在那里。马哈补的白墙上只有那驯良的骆驼借着月光将他那奇怪的肉峰影子映在上面……格勒哥利亲王刚拿着钱夹子和银行支票逃走了……他殿下之等待这个机会已有一个月了……

## 六　到底！……

这个奇怪和悲剧之夜的第二天，我们的英雄睡醒时天刚黎明，他已十分相信亲王和钱囊都实实在在的走了，一去不回了；及至他觉得独自一人在这白色小墓中，又被人负了，又被人偷了，又被人弃在蛮荒的亚尔及尔平原中只同一头单峰骆驼，和衣袋中少少一点做生活费的银钱时，这位达哈士孔人才第一次怀疑起来。他怀疑门的内哥，怀疑友谊，怀疑光荣，并怀疑狮子；于是这伟人就和在热士马里被人卖了的基督一样，伤心的哭了起来。

他正这样沉思的坐在马哈补门前，把头抱在手上，猎枪放在腿间，骆驼哩也正注视着他之际，那迎面的草丛猛然分了开来，狒狒呆住了：只见在他跟前十步之远，现出一头雄大的狮子，昂着头向前走来，并发出那种怪吼，把马哈补悬有绸片的墙壁俱撼震了，便是放在墙洼中的圣人的拖鞋也一样。

只于这位达哈士孔人毫不震动。

他跳起来叫道："到底……"枪柄抵住肩头。

訇！……訇！咻！咻！诸事都完毕了。……狮子头上受了两颗爆裂弹……那迸裂的脑髓，沸腾的血花，散乱的黄毛，好看得就如焰火一样向这非洲圆天所笼罩的平地线上足足射有一分钟。继而种种东西落下之时，狒狒便望见……两个狂怒的大黑人，举着大棒向他奔来。原来就是密里哑纳的那两个黑人！

啊，可恶！被达哈士孔人子弹打倒的，原来就是那养驯的狮子，马阿麦修道院中的可怜瞎子。

这一次，狒狒又幸而免了。假若不亏基督教的上帝给他遣了一位救命天神来为他之助时，那两个醉于迷信的化缘黑人定会将他撕成几千块的，来者是阿尔勒阳城县区的田野警察，手臂下挟着腰刀从一条小路上走来。

一看见市政厅的军盔才猛的把黑人的怒气平了下去。那佩铜章的男子太平无事而且威风极了的受了这控诉状，把狮子的尸首载在骆驼上，吩咐控诉人就如吩咐犯人似的随着他，于是便向阿尔勒阳城走来，把一切事情报告了书记。

这真是一场可怕而长久的官司啊！

达哈士孔的狒狒把部落的亚尔及尔奔波之后，现在又认识了也一样希奇古怪的一种别的亚尔及尔，换句话说就是城市的，告状的，请律师的亚尔及尔。他认识了在咖啡店里设谋布计的司法界的奸人，认识了法律中的游民，认识了带着两合酒气的案卷，认识了粘染烈酒痕的白领带；他又认识了传达吏，代讼人，司法警察，所有这般又饿又瘦把移民等的五谷梗都吃尽了，并把他们一叶一叶的撕开就如剥玉麦一样的印花纸的蝗虫们……

起手就得先弄清楚那狮子究是在民政地段上杀的吗，或是在军事地段上杀的。在第一个情形里，这官司就归于商务衙门；在第二个情形里，狒狒便得移交给军事会议去，于是这位多感的达哈士孔人一听见军事会议这个名词就觉得他业已枪毙在炮台下了，或闭死在土牢底了……

可怕的事，即是这两个地段的分界在亚尔及尔又极其模糊……末后，奔走，营谋，在亚喇伯公署的庭院太阳地里晒了一个月之后，一方面方决定了狮子是在军事地段上杀的，而别一方面，狒狒却以为他开枪时是在民政地段上。于是官司在民政衙门裁判了，我们的英雄被罚二千五百佛郎而诉讼费尚不在内完事。

怎样支付这些费用呢？幸免于亲王掳掠的一些银钱许久以来就因状纸以及法官的两合酒用尽了。

不幸的杀狮人遂迫不得已只好把兵器箱打开一只猎枪一只猎枪的零卖。又把匕首，马来甲，铁锤等也卖了……一家杂货店把那食物罐头留了下来。一家药店便买了膏药等物。大猎靴和精制的帐棚也一样走往一家古董店里去了，古董商遂将这两件东西高高陈列在安南的奇物之上……费用支付完毕，给狒狒剩下的只有那狮皮与骆驼。狮皮哩，他遂小小心心的把来卷起，邮送到达哈士孔，写的是勇敢司令官不纳尾打的地址。（我们不久便看得见这滑稽兽皮的作用了。）至于骆驼，他便打算用他来回往亚尔及尔城去，并不是骑在上面，是把他卖了来付公车的钱；其实骑着骆驼旅行倒是顶好的办法。不幸这畜生却是一件难卖的东西，没有一个人肯出一个小钱。

然而狒狒很愿意尽力回到亚尔及尔城。他恍惚竟看见了巴衣哑的蓝色上衣，他那小屋，他那喷泉，又恍惚觉得休息在他那小院子的白色三叶饰之下正在等候法国寄来的钱似的。因此我们的英雄便不再迟疑：虽是烦闷，却并不丧气，开始步行起来，一文钱没有，半天半天的走去。

在这种情况中，那骆驼并不舍弃他。这古怪的动物对于他主人却带着一种不可解的柔情，一看见他出了阿尔勒阳城，遂紧紧的跟着他走来，把步法调来和他的一样，一步也不离开他。

起初狒狒还觉得这很感动他；那种忠心，那种百试不爽的诚意很引动了他的心，况且这畜生又很方便，并不吃什么东西。然而，几天之后，这位达哈士孔人就讨厌永永的在脚跟上看见这个不欢的伴侣，并令他想起那失意的事；其后，又含了一点酸意，他遂老实嗔恨起他那愁苦的样子，他那肉峰，他那带着缰绳的鹅步来。一句话说完，他对于它确生了一点反感，只想把它摆脱；但那动物却顽固得很……狒狒试着把它丢掉，骆驼仍旧把他寻着；他试着飞跑，骆驼跑得更快……他向它吼道："滚开！"又拿石头掷它。骆驼便站住了，用那愁苦的样子把他瞅着，一会之后，它又走了起来，结果总把他跟着。狒狒只好忍耐下去。

然而足足走了八天之后，当这位达哈士孔人远远的看见亚尔及尔城的头几家白色平台在丛树中闪灼之际，当他走到城门，上了米士达发热闹的大路，行入轻骑兵，比士喀人，马阿洛女人的丛中，大家都在他周围喧噪，并瞅着他带着骆驼走过之际，这一下他就忍不住了：

他说："不行！不行！这是不可能的……我断不能带着这样一个东西进亚尔及尔城去的！"

于是，趁着那拥挤的车子，他便绕到田野里，躲在一道壕沟中！……

一会之后，他便看见那骆驼在他头顶那条大路上拿起一种苦恼样子伸着颈项大步的跑了。

于是英雄脱了重累，方出了他的藏伏所，从一条沿着他院墙的弯曲小径走入城内。

## 七　祸不单行

一走到他摩尔女人的房子跟前，狒狒便很吃惊的站住了。夜色已至，街上寂无行人。从那黑女人忘记关闭的圆门中只听见一阵狂笑，一阵酒杯声，一阵香槟酒瓶塞的暴启声，并且高高在这闹声之上，更有一片妇人的声音，快活而清澈的唱着：

"体面的马尔哥，你可喜欢

在花厅去跳舞……"

这位达哈士孔人便变了脸色说道："我的天！"

于是他就奔入庭院去。

不幸的狒狒啊！等着他的却是什么光景……在那小院的穹窿之下，巴衣哑蓝色短上衣也没有穿，胸裆也没有系，仅仅穿了一件银纱小汗衣，和一条浅玫瑰色的大袴子，站在瓶子，点心，散乱的坐褥，烟管，手鼓，琵琶当中，头上戴着一顶海军军官的遮阳帽，正在唱那"体面的马尔哥……"在她脚下的一片席子上，便是巴尔巴苏，无耻的船主巴尔巴苏，享受着爱情和果酱，一面狂笑着听她唱。

狒狒又憔悴，又瘦瘠，又尘埃满身，两眼火发，舍西亚高耸着，走进来打断了这一席土耳其马赛的联合欢宴。巴衣哑发出了一声小母狗的惊呼，便逃到屋里去了……巴尔巴苏丝毫不动，更是大笑起来：

"赫！伯！麦歇狒狒，你有甚说的呢？你看清楚了她是懂得法国话的！"

达哈士孔的狒狒盛气走上前去：

"船主！"

那个摩尔女人用着一种下贱的娇态伏在第一层楼的游栏上叫道："Digoli qué vengué, moun bou！（告诉他说他来了，我的好人。）"这可怜的男子，狼狈已极，便随身跌坐在一面鼓上。他的摩尔女人而且还懂得马赛话！

船主巴尔巴苏正经的说道："我那时就向你说过留心亚尔及尔的女人了！这也和你那门的内哥人一样的。"

狒狒抬起头来。

"你知道亲王在那里？"

"啊！并不远。米士达发的好监狱有五年给他坐的。这个可笑的人犯了窃盗罪……实则人家之把他放在阴凉地里这倒不是第一次。他殿下业经在某某地方的监里住过五年的……想起了！我相信就是在达哈士孔。"

狒狒忽然就醒悟了叫道："在达哈士孔么！……因这原故

所以他才只晓得那城里的一角……"

"赫！自然的……达哈士孔，从监狱里看出来的……唉！我可怜的麦歇狒狒，在这鬼地方老实应该把眼睛大睁着，不然人家就要闹出一些极难堪的事来的……就如你和那传经人的故事一样。"

"什么故事？什么传经人？"

"歹！还消说！……就是调戏巴衣哑的那个对门的传经人……有一天《阿克巴尔》报上曾登着这事，全亚尔及尔城至今还在笑哩……这个传经人可笑极了，他在那高塔上一面唱着他的祈祷词，却一面就在你鼻子跟前向那小东西说情话，用着阿那的名字同她邀约会期。……"

不幸的达哈士孔人便呻吟道："然则在这地方中都是些无赖汉了……"

巴尔巴苏做了个很懂事的样子。

"我亲爱的，你要知道，新地方……都一样！若你相信我，你赶快回达哈士孔去罢。"

"回去……倒是容易说的……但是钱呢？……你不知道他们在沙漠中是怎么样的剥削我吗？"

船主笑道："这不要紧的！……儒亚夫明天就走，若你愿意，我就送你回国去……伙伴，这可行么？……那吗，好极了。你只有一件事须做的。还剩有几瓶香槟酒，一半点心……请坐下罢，不要怨恨！……"

达哈士孔人因为尊重自己还迟疑了一分钟方毅然同了意。他坐了下来，大家碰了杯；巴衣哑于杯子声中又下楼来唱完那《体面的马尔哥》，于是这宴会遂在夜里久久延长起来。

到早晨三点钟时，狒狒头重脚轻的仍由他的朋友船主伴着走了，当他从回回教堂跟前经过时，想起那传经人以及他的轻薄来很令人发笑，于是立刻那复仇的思想就到了他脑中。教堂门是打开的。他便走了进去，沿着那铺有席子的过道，循梯而上，上一层又上一层，末后便走到一间小小的土耳其演说堂中，其间悬在天花板上的铁灯摇摆着，向白墙上绣出许多奇怪的影子来。

传经人正在那里，带着他的土耳其头巾，白外帔，莫士达喀兰的烟管坐在长椅上，跟前一大杯冰透的两合酒，他正规规矩矩的把来调着，等待叫信徒们祈祷的时间到来……一下看见了狒狒，他便骇得丢开了他的烟管。

狒狒是有他的思想的，便道："没有一句话，牧师，……赶快，你的头巾，你的外帔！……"

那个土耳其牧师打着战交出了他的头巾，他的外帔，凡是人家愿意的东西。狒狒遂变了装，并毅然走到高塔的露台上。

海水远远的辉耀着。白色屋顶在月亮下闪闪灼灼。在海风中还听见一些过晚的琵琶声……达哈士孔的传经人把心神凝聚了一会，其后便举起两臂，拿起一种非常激动的声音念起圣歌来：

"天神之天神……□□□□直是一个老轻薄人……东方，□□□，土官，狮子，摩尔女人，凡此种种都值不上一株水芹菜！……也没有特尔人……只有骗子……达哈士孔万岁！……"

当这有名的狒狒在这混合亚喇伯与南省的奇怪方言中，将他达哈士孔人快活的咒语向天边，向海上，向城里，向平原内，四方掷去时，而别的那般传经人都从那相距渐远的高塔上用那严重而清澈的声音来回答他，而高城中一般最后的信徒都诚诚恳恳的自家击着胸膛。

## 八　达哈士孔！达哈士孔！

中午了。儒亚夫生了火，人家要起程了。一般执着望远镜的麦歇军官们，大佐领头，依着品级都走到哇郎丹咖啡店的游栏上，凭高来望这只要往法国去的有幸福的小船。这便是一般随员们的消遣方法……下面哩，海湾辉耀着。埋在堤岸上的土耳其旧炮的炮尾都火一样烧在太阳中。过往的人很匆匆的。比士喀人马阿洛人把行李等都堆集在小拨船中。

达哈士孔的狒狒并没有行李。他就这样由他朋友巴尔巴苏伴着，从那堆满香蕉和水瓜的小市场的海军街走下来。不幸的达哈士孔人已把他的兵器箱和幻想剩在摩尔河岸上了，现在他只两手插在衣袋里预备向达哈士孔航去。……他刚刚跳进船主的小汽船中，一头气喘吁吁的畜生猛然从空场的高处急转而下，飞驰向他奔来。这就是骆驼，忠心的骆驼，二十四点钟以来都在亚尔及尔城里寻觅它的主人。

狒狒一看见它就变了颜色，并且假装不认识它；但骆驼却热心得很。它小步的在岸上跳着。它呼唤它的朋友，又温柔的瞅着他。它那愁苦的眼睛好像说："带我去，带我到小船中，远远离开这个花纸造的亚尔及尔城，远远离开这个可笑的，到处都是火车头与公车的东方，这里——单峰骆驼是没有位置的——我毫不知道怎么样的变化。你是末了的土耳其人，我是末了的骆驼……我们不要分开，啊，狒狒……"

船主问道："这骆驼可是你的？"

狒狒答道："一点也不是！"他一想着同这可笑的侍卫走入达哈士孔时只是寒战。

于是他否认了他患难的伴侣，便把脚上亚尔及尔的尘土挥去，发令叫汽船前进……那骆驼把水嗅了嗅，长伸着颈项，把骨节弄得格格的响，遂带起它那圆拱背平伏在海水里泅泳着，半沉半浮跟在小汽船后面向儒亚夫走来，它那圆拱背浮起来好似一只大瓢，而它长颈项高翘在水面上又像三层大船的冲角。

汽船与骆驼一齐走来靠在邮船边。

船主巴尔巴苏很感动的说道："到底，这单峰骆驼真给了我一些辛苦，我极想带它在我船上……一到马赛，我便送它到动物园去。"

大家靠着滑车与粗绳的力量才将这被海水加重的骆驼起到甲板上，而儒亚夫便上了路。

两天渡海的日子狒狒都用来独自在舱里度过了，不但是海水太恶，不但是舍西亚太苦楚，而且是那骆驼只要它主人一到甲板上它便拿起它那可笑的殷勤到他身边来……各位从没有看见一头像它这样侧媚一个人的骆驼！……

狒狒时时从那好几次他把鼻子放在其间的船窗上看见蔚蓝的亚尔及尔天色变白了；其后，一早晨，在一片银色薄雾中他幸运极了听见所有马赛的大钟都歌唱起来。大家已到了……儒亚夫投了锚。

我们这位伟人既没有行李，便一言不发的下了船，急急穿过马赛，常害怕被骆驼追来，除了觉得安坐在驰向达哈士孔去的三等车箱内时，没有换过气……还是不安稳！刚刚离开马赛两法里，只见众人的头都伸到车窗外。大家又叫，又惊的。狒狒也来一看……他望见的什么？……骆驼，麦歇们，那头摆不脱的骆驼，正在克罗平原的铁路间飞奔着，随着火车向他追来。狒狒狼狈极了，把眼睛闭着躲在他座位上。

……

在这个苦恼的远行之后，他原打算匿名回去的。但这个四脚东西却是一桩不可藏匿的。我的天，他怎样的进门！没有一文钱，没有狮子，什么都没有……一头骆驼！……

"达哈士孔！……达哈士孔！……"

却应该下车。

啊，惊呆了！英雄的舍西亚刚刚从车门上涌现出来时，一片大呼声："狒狒万岁！"便把车站的玻璃穹窿也摇动了。——"狒狒万岁！杀狮人万岁！"于是军乐，歌声都一齐发作起来……狒狒只觉得死了倒好；他以为是一场侮弄的事。却不然！全达哈士孔的人都在那里，帽子在空中摇着，并且很同情。只看那勇敢的司令官不纳尾打，兵器商哥士特·喀尔德，裁判官，药剂师，以及尊贵的遮阳帽猎人的全体都殷勤围着他们的首领并把他得胜的架起走下阶梯……

空中楼阁的奇怪效果！引出这种声音的就是邮寄给不纳尾打的那张瞎狮皮。凡达哈士孔人以及在他们之后的南方人都因这陈设在俱乐部的一张不值什么的兽皮昂起头来了。《信号报》上就曾说过，大家还捏造了一些话，说狒狒所杀的不止是一头狮子，是十头狮子，二十头狮子，算不清的狮子！因此狒狒在马赛登岸时却不知他业已在这里著了大名，而一道乐趣盎然的电报在他两点钟之前就传入他故乡来了。

但令众民欢喜到极点的，就是当大家看见一头奇兽，满身的尘埃和汗渍，在英雄后面现出来，跛着脚走下车站阶梯时。一霎时全达哈士孔都以为他们的怪物回来了。

狒狒才将他乡人们的心安定了。

他说："这是我的骆驼。"

既已在这达哈士孔太阳的影响之下，即是在这惯于撒谎的好太阳之下，所以他便抚着那单峰骆驼的肉峰说道："这是一头贵重的畜生！……他曾看见我击杀那些狮子的。"

说了这句话，他便亲切的把那为幸福涨红了脸的司令官的手臂挽住；于是，后面随着他的骆驼，又被遮阳帽猎人围绕着，又由众人喝着采，他便太太平平向那木棉小院趋行去，并且一路走着，他就开始谈起他那些伟大的猎事来：

他说："你们请想有一天晚上，在撒哈拉大沙漠中……"

（全书完）

**第三段尾注：**

　　**尾注一**　鲁色少第 Cadet-Roussel 是法国一首俗歌，大约产生于一七九二年，但作歌者及制谱者俱不知名，歌意言鲁色少第的东西无一不是三个，说他有头发三根，房屋三处，衣服三件，帽子三顶，鞋子三双，儿子三人，女子三人，巨犬三头，猫三头，否认之言亦三声。

　　**尾注二**　里班 Liban 是亚洲土耳其地内的大山之名，以出产巨杉著名。

　　**尾注三**　打吕伯 Danube 是欧洲一条大河名，发源于黑林，灌溉德南及匈、奥国内，而出口于黑海，为中欧商务上的重要水道。

　　**尾注四**　惹士赖 Gessler 是十四世纪驻扎瑞士的奥国总督，最为残酷，曾将其冠支在城门口谕令过往人民必向帽行礼，否则处罚，后为瑞士独立英雄威廉退尔所杀，从前中华书局版的《大中华杂志》上马君武译过一篇戏剧，剧名叫作《威廉退尔》即是说的此事。

　　**尾注五**　哈麦排官 le sergent La Ramée 与比土少尉 le brigadier Pitou 都是传说中通俗的武士，此处引用的意思是说以武士而讲旧约当然是怪诞不经之谈。

　　**尾注六**　爱沙雨 Esaü 是传说中一个怪人，说他生在纪元前二千年之项，曾因他兄弟献了一盘鲟鱼脍给他，他便把长子权让给了他的兄弟。现在法语中尚有一句谚语，就是爱雨沙的鲟鱼，意思便是说人受了欺骗了。